Hessisch fäer Fottgelaafene

von Frank Fodderwestje

Lusdische Anekdoode in Mundartt un dialeggdische Lektzjoone zum Schmunzzele, Schebblache un Halbgabuttäerschere. Inklusiewe Fremdwörddäerbuch Hessisch – Hochdeutsch/Hochdeutsch – Hessisch, fäer Außäerhessische un annäern Auswäerddische. **Plus** kullinarrische Kochrezebde aus de tradditzjonell hessisch Kisch, als Extraboonussmadrijall obbedruff. (Geesche Fernnweh un fäer de klaane Hungäer fäer zwischedorsch, gell)

ISBN: 978-1479304486
15. Auflage, August 2020

IMPRESSUM
Frank Fodderwestje, 65931 Frankfurt am Main
E-Mail: Frank.Fodderwestje@gmx.net
facebook.com/**FrankFodderwestje**

INHALT

Vorwortt

Ei Guude ihr Leut, wie dann? Isch bin's, de Frank aus'm schääne Hesseland. Grüß eusch allminnannäer *[Hallo zusammen]*. Isch freu misch wärkklisch riesisch, däss ihr all då seid, un dässäer *[dass ihr]* däs Buch, wo ihr grad so schee neigugge duud, so zahllreisch mit mir gemeinsamm uffgeschlaache habbt.
Aaschentdlisch *[Eigentlich]* wollt isch mir un eusch däs Vorwortt erschbaare *[ersparen]*, weil isch's eifach üwwerflüssisch *[überflüssig]* find un sowwiesoo fäer die Fieß *[für die Füße]* is. Vorwortt häärt *[hört]* sisch aach schonn so aa, als bräuscht mär's net un könnt sisch's grad schengke. Klinggt aach ähjnlisch wie däs Englische *For What*? Fäer alle Nischt-Engländäer un Andi-Anglizistiggäer *[Anti-Anglizistiker]*. Uff Hessisch iwwersetzt *[auf Hessisch übersetzt]* haaßt däs *Fäer wass'n?* oddäer aach *Fäer wass dann?*

Un uff deutsch klinggt däs wie *Vorort*.

E Vorortt braach' aach kaanäer oddäer? Ei, fäer wass dann? Däs sin doch dolle Ferzz mit Krigge *[Fürze mit Krücken]*. Der wo so ebbes erfunne hot *[Wer sowas erfunden hat]*, der muss abbäer'n schääne Geistesblitzableidäer *[Geistesblitzableiter]* geweese sei, du.

Ei hallo? En Ortt vor em Ortt? Woss'n däs fäer e Loggik?

Schdell däer ma voär, du sitz' in Hesse in de Gastschdubb un beschdells' als Vorschbeis e Ribbsche mit Kraut un dann nochema aans. E Ribbsche vor em Ribbsche mäscht doch üwwäerhaabt kaane Sinn. Sischäer gibbt's aach genüüschend verfressene Hessenne. Abbäer wer frisst dann zwaa Ribbschäer mit Kraut hinnenannäer? Mäscht doch kaaner sowwoss. Zuggegebbe, de Äbbelwoi is en

Sondäerfall. (Bidde net verweggsele mim Sündefall, gelle. Däs mit deem Abbel vom Adamm, wo däs Eva neigebisse hot... Die Schdorry aus de Bibbel midde Klabbäerschlang un deem Parradiesabbel un so weidäer. *[Die Geschichte aus der Bibel mit der Klapperschlange un dem Paradiesapfel und so weiter.]*)

En Äbbelwoi *[Apfelwein]* vor'm Äbbelwoi vor'm Äbbelwoi... Isch saach immäer, en Äbbelwoi un noche Äbbelwoi, geeht immäer in de Hals enoi. (Hauptsach es basst dorsch de Hals un mäscht schwinnelisch, gell.)

Abbäer en Ortt VOR en Ortt ze setdze un deen dann aach noch als Vorortt zu bediddele *[betiteln]*, däs is schonn e starkk Stügg. Woss habbe die sisch blooß dodebei gedengkt? Viellaascht war de Vorortt aach friehäer im Middelalddäer so e Ressortt fäer Läebrakrangke un annäern Aussäezzische. Dann wördd's aach wieddäer Sinn ergebbe *[Dann würde es auch wieder Sinn machen]*. Mär kann sisches zwar heut net mehr vorschdelle gell, abbäer viellaascht war Offebach vor langäer, langäer Zeit e Vorortt von Frankfortt geweese. Braach kei Mensch, genau wie's Vorwortt. Ei'sch will misch aach gar net lang draa uffhalde *[daran aufhalten]*. Isch habb's aach gleisch.

Isch übbäerleesch *[überlege]* nur grad, wie'sch dann übbäerhaabt druff gekomme bin, e Büschelsche ze schreibe...?

Aaah, sch'waaßes wieddäer. *[Ich weiß es wieder]*

Däs hot sisch folschendäermaaße *[folgendermaßen]* zugetraache: Aanes schön'n Daaches *[Eines schönen Tages]*, habb isch so e bissi *[ein bisschen]* väerträumt dehaam uff de Kautdsch *[zuhause auf der Couch]* gesesse. Mei Fraa, däs Agnes, hot mischema ausnahmsweis net dorsch die Geeschend gescheuscht, gell. De Dragonäer war aach grad net dehaam *[daheim]*, sonnäern midde Gabbi von de Klabbäergass im Zentrum bissi schobbe... Also net frühschobbe, gell. Aach wenn die zwaa Schnabbsdrosselliennschäer *[Schnapsdrosselienchen]* ganz gernne ma aanäer üwwer de Dorscht schlugge *[einen über den Durst trinken]*. Ei is ja aache ma Worscht.

Wie gesacht, isch habb im Wohnzimmäer uffm Soffa gesesse un hadde bissi Kinno obbedrin im Köbbsche, wie mär heutzedaach so schee säscht *[wie man heutzutage so schön sagt]*. Ei net, däss isch mer jetzz Gedangke gemacht hätt weesche ma Fraa. Isch hatt halt ebbe nur bissi Ängst, däss die Bankkartt wieddäer eigezooche wärdd *[wird]*, wie baam letzde Schobbing-Tribb. Ei wenn däs Agnes so rischdisch im Kaafraasch *[Kaufrausch]* drinn is gell, dann gibbt's ka *[kein]* Halde mehr. Graad aach, wenn däs Gabbi dodebei is – däs Mensch. Ei die kaafe jo Schuhn, Klamodde un Assässwarss *[Accessoires]*, wie die Geschdörde *[wie die Gestörten]* du.

Es wärdd aach schonn sein'n Grund habbe, wesweesche im Wortt KaaFRAAsch, däs Wortt FRAA mit drinnschdegge duud. Ei egal. Wo isch druff hinaus wollt… Uff jäedenfall war isch ganz woannerst *[woanders]* midde Gedangke. Üwwerall, nur uff gar kein' Fall bei mei aal Krawallschachtdel! Kann aach sei, däss isch übbäerhaabt nix gedengkt habb un do obbedrin dorsch de leere Raum geglidde bin. Sch'glaab *[Ich glaube]* unsäern Juschend *[unsere Jugend]* säscht heut tschille oddäer so ähjnlisch, da dodezu.

Jäedefalls, isch laach gemiedlisch uff'm Schässelong *[Schlafsofa]* un war so vor misch hieh am tschille, gell. Un uff einmol zugg isch ganz erschrogge zesamme. Wie aus'm heidere Himmel trifft misch erstd de Geistdesblitdzz un dodedruff *[daraufhin]* knuutdscht misch die Muus du. (Naa, net däs Äbbelmuus, Käerlle naa!)

Ei däs war viellaascht e Weckselbadd der Gefühle, däs kann isch däer abbäer flüstdäern, aldäer Schweed *[alter Schwede]*.

Däs war wie beim Urgknall dammolls. Do war nix – rein gar nix. Noch neddemma Vagkuumm *[noch nicht einmal*

Vakuum]. Un dann uff ei'ma mäscht's schebber un raddongg im Karddongg, un's gibbtde rieeeesen Explusjoon.

Däs war fast so wie an deem aane Daach *[wie an dem einen Tag]*, wo isch uff'm Kloo gesesse habb. Däs Badezimmäerfenstdäer schdand weit offe. Weesche *[Wegen]* deem ganzse Geschdangk, waaßtde. Däs hot geschdungke, wie als hätt aanäer e dood Katz gefresse.

Uff jeedefall – Isch sitz in deem klaane Gabbuff uff'm Aabee *[Klo]* un wollt mer grad midde Frankfodder Allgemeine de Bobbes abbuddze. Ei däs dusselisch Hingkel *[das dusselige Huhn]* hot ma wieddäer vergesse Klobabier ze kaafe, waaßtde. Habb isch mer halt ebbe ma e Schdigg *[Stück]* von de Zeiddung abgerobbt. Hadde einische Bollidiggäer uff de Tiddelseit haldema e baar braune Flegge in de Wiesaasch *[Visage/Gesicht]* gehabbt. Wåss willst'n mache, gell?

Ei uff jeede Fall, isch wollt mer grad de Annus frisch mache hier, un uff eimoo hot däs ein Schlaach g'ebbe du – Himmel, Aarsch un Wolggebruch. Isch habb gemaant misch trifft de Blitdz baam Kagge du.

Un so ähnlisch hot sisch däs neulisch aach aagefiehlt. Nur mit dem kleine abbäer feine Unnäerschied, däss isch net in die Klooschissel, sondäern ins Soffa neigebummbäert habb.

Hier ihr Leut, net lache. Konzendrierd eusch jetzze ma bissi. Also bass uff!

Jäedenfalls dacht isch mer, woss annäern könne, däs kannstde aach. Ei woss däs Bobbelsche, de Bäggäer Borris, unsäern Pobbtittann *[Poptitan]*, de Diedäer Bowle un de laahme Fillipp, un wie se all haaße, könne, däs kanns' du schonn lang. Un so habb isch mer mo die Mieh *[die Mühe]* gemacht un hald ebbe e Büschelsche geschribbe, gell.

Achsoou, bevor isch nimmäer draa dengk – ihr braacht misch net Sieze, gell. Weil isch duuz eusch jo aach. Ei wass dann? Werumm aach net? Erstdensema kenne mer uns sowwiesoo net un aaßerdeem hot mer ja kaanäer von eusch ebbes gedaan. Hädde mer däs uff jeedenfall aach schonnema geklärtt.

Jetzz wolltdäer *[Jetzt wollt ihr]* beschdimmt aach noch wisse, wiesoo, weshalb, wesweesche un warrumm – un woorumm sisch's dann übbäerhaabt dreeht, gell? Un wiessoo schreibtd'n *[schreibt]* de Käerll soo koomisch? Ei dann leest's doch eifach. Dann wisstdäer beschaad *[Dann wisst ihr bescheid]*. Der Gedangke, derde dodedade dodehinnäer schdegge duud is der, deene Leit *[den Leuten]* do drauße, die Gultduär *[die Kltur]* von de Hesse e bissi nähäer ze bringe.

Nebbe Handkääs mit Mussigg, Frankfodder Rindsworscht, Dibbehaas un Ribbsche mit Kraut, gehäert da dodezu aach die schee hessisch Schbraach.

Wenn isch bei mei 86-jährisch' Muddäer ze Bessuch bin un isch en gebildedde Eidrugg mache will, indeem isch versuch Hoochdeutsch ze babbele gell, dann säscht mei Muddäer immäer: »Ei so habb isch disch abbäer net erzooche, du Bångäert. Redd doche mo schee. Ei redd doche mo schee…«

Un dodedruff säscht de Vaddäer mit saane 91 Jahr, abbäer wärkklisch jäedesma: »Isch geeh in kei Moschee. Isch bin doch ka Muuselmann.«

Glaabst es. De Vaddäer maant *[meint]* immäernoch, däss de zwaade Weltdkriesch korzz vorm Ausbruch is hier. Dunnemools *[damals]* war de Vaddäer gradema 24. Un heut dengkt äer, äer kinnt noch uff die Bäum kleddere wie e jung Bübbsche. Immäer wenn de Vaddäer mim Kriggstogg *[Krückstock]* uff sei Abbelbäumsche im Gardde nuffkleddäert gibbt's annäern Weddäer. Un dadedruff kannstde abbäer aanäer låsse du. Uff de Vaddäer is immäer Väerlass.

Jäedenfalls habbisch *[habe ich]* däs hier net bloß aus Juggs un Dollerei geschribbe, gell? Naa, isch habb mer wärkklisch *[wirklich]* woss dodebei gedengkt.

Un so habb isch mer ma fäer eusch so e baar lusdische Anekdödschäer *[lustige Anekdoten]* zesammegeklobbt, um eusch die Schbraach un Leebensartt von de Hesse e bissi nähäer ze bringe. Däs Buch is aach subbäer geeischend *[geeignet]* fäer Leut, die wo im hessische Ausland Urlaubb mache wolle un die Schnauz voll habbe un eebe ma grad von dehaam fottlaaffe könnde. Un woss mäscht mär im Allgemein' bevor mär *[bevor man]* in e annäer Land abmäscht, mit annäern Sidde, Gebräusch un Traddizjoone? Rischdiiiisch! Mär informmiertt sisch erstdema un mäscht sisch mit de Gultduärn väertraut. Un es Dollstde is, ihr braacht üwwäerhaabt kaan deuäern Hessisch-Korss von de Volkshochschuul bessuche, weil ihr krieht *[ihr kriegt]* alles gombaggt *[kompakt]* aus aanäer Hand. Däs' de Hammäer oddäer?

Falls äer *[Falls ihr]* eusch im Hesseland ma verfranzt habbt un kei Nawwi on Bordd is, un uff die alt traddizjonelle Weis en einheimische Hessekobb nach'm Weesch fraache misst *[nach dem Weg fragen müsst]*, habb isch eisch *[euch]* aach noch e klaa Lexikonsche hinne in de Aahang mit neigebabbt. Also kwassi *[quasi]* e Wörddäerbuch Hessisch – (Hoch)deutsch. Däs sollt grad aach deem Auswäerddische dodebei helfe, wennäer *[wenn er]* sisch zum Baaschbiel *[zum Beispiel]* in Frankfortt middem indische Daxifahräer *[mit einem indischen Taxifahrer]* unnäerhalde duud oddäer wennäer *[wenn er]* an de Imbissbuud woss dibbisch Hessisches *[etwas typisch Hessisches]* ze esse habbe will. Ei ja, soggar beim old MäckDonneld babbele die Mitdarbbeidäern *[Mitarbeiter]* heutzedaach Hessisch.

Jäedenfalls hot däs ganz schee Arbbeitt gemacht, däs kann isch däer saache du. Rotzz un Wassäer geschwittzd habb isch.

Un bass uff! Jetzz kimmt noch de Extrabonnusskrachäer mit obbedruff. Wennäer wieddäer dehaam seid von euäerm Hessetripp – fäer de Fall dässäer übbäerhaabt wieddäer zerigg *[zurück]* in euern Heimat wolltd – habb isch aach noch e baar leggere traddizjonelle Kochrezebduärn *[Kochrezepturen]* un kullinarrische Spezjalitääde aus'm schääne Hesseland mit neigebaggt. Soo habbtdäer weenischstdens die hessisch Kisch immäer parratt, falls euschema däs Haamweeh üwwäerkomme duud. Aach subbäer fäer alteigesessene Hesse, die wo gradema ganz woannerstd Urlaubb mache un däs Esse im ausländische Inland oddäer im inländische Ausland net soo guud ve'traache känne *[vertragen können]*.

Un rein zuffällisch war mein Uärgroßvaddäer Scheffschiffskoch in de Kombüs bei de Mandarine. Da bistde baff, gell?

Übbrischens *[Übrigens]*. Uff Englisch haaßt Hessisch *Hessian*. Wenn de in so'm Onlein-Schbrachiwwersetzäer *Hessisch* eidibbe duust, dann kimmt unnäer *ähnlische Begriffe* däs Wortt *Esstisch* – kei Scherzz! Die habbe sisch schonn wåss dodebei gedengkt. Däs Indernett is schonn ganz schee clewwäer – genausoo, wie die Indijanäer, die wo däs erfunne habbe.

Wenn däs Buch ärschendwannema *[irgendwann mal]* ins Englische iwwersetzt werre wörd *[übersetzt werden würde]*... isch waaß zwar net, wie däs geehe soll... abbäer fallsema so'n Verriggtde uff die Idee komme solltd, dann wörd de Tiddel von demm Buch *Hessian for Runnaways* laude. Oddäer mär mäscht e Mischmasch aus Hessisch-Englisch: *Hessijenn foor Rannewwees – Hessisch fäer Fottgelaafene* ebbe. Wemmäer *[Wenn man]* die deutsch Schbraach mim Englische väermengge duud – also wemmäer baaschbielswaase *[beispielsweise]* säscht: *Isch habb mer'n Pornnoo gedaunloodet* *[gedownloaded]* oddäer *Isch habb uff'm*

Gesischtsbock e Lingk geschäerrtt [auf Facebook einen Link geshared'].

Woss soll'n däs übbäerhaabt haaße? Isch habb uff de lingke Seit woss abgeschnidde oddäer wass? Egal.

Jedefalls wemmäer die deutsch Schbraach verenglischt un mit englische Wörddäern ve'mische *[vermischen]* duud, wie däs heut moddern is, dann säscht mär dodedribbäer *Denglisch* (Deutschenglisch).

Schdell däer ma vor, jetzz kimmt so'n beklobbtde Lingualspezjalist *[so ein verrückter Lingualspezialist]* uff die verriggtde Idee, Hessisch mit Englisch ze verworschtdele *[vermickeln/vermischen]*. Un däs wåss dodebei rauskimmt, däs nennt mär dann h(ä)esslisch. Un alles wåss hässlisch is, däs is net schee. Also låsse mer's glei bleibe.

Un nur kei Ängst. Hessisch is wärkklisch net schweer ze lernne. Schreibe duud mär grad wie mär's babbeld un wie aam *[wie einem]* die Schnuud gewackse is. Un die Grammaddigg *[Grammatik]* is aach ähjnlisch wie im Deutsche un kimmt midde Zeit ganz vollaudoomaddisch – im Geeschesatz zu deem blääde Schreibproogramm, mit deem wo isch däs Buch uff de Compjuddäer-Dasdaduär *[Computertastatur]* neigeklobbt habb. Isch kann dä' saache du...

Wåss misch beim Dibbe bissi uffgereescht hot is, däss däs Wördd-Programm von deene Miggrosoftdies, die Wördder alle Ridd *[jedesmal]* mit so roode Zickzackkringelschäer unnäerschdrische hot. De Sohnemann säscht, es wörd ka Teesaurus-Abbdaade *[Thesaurus-Update]* midde hessisch Reschtdschreibüwwerprüffungg gebbe. Un weil däs Wörd maant *[meint]*, isch wörd uff deutsch schreibe, wörd däs Wörd däs als Feehler marggiere. Ei do hot de Übbäerflieschäer midde digge Hornnbrill von dene Miggrosoftdies de Schdeinzeitvoojchel *[Steinzeitvogel]* abbäer ma korreggtd abgeschosse oddäer?

Ei wass dann? Da bistde im aanezwanzsischstde Jahrhunnäertd *[im 21. Jahrhundert]* gefangge hier, un dann beherrschtd so e subbäerschlau Dextve'arbbeiddungs-Sofftdwärr-Geschärr noch neddema Hessisch? Do fühlstde disch als Hesse schonn e bissi diskrimminiertd, du. Grad wemmäer bedengke duud, däss däs Ding aach indisch, schieneesisch un ägibbdisch Hirroglühwe *[chinesisch und ägyptische Hieroglyphen]* kann. Also wenn sisch so'n nedde Indäer oddäer e Wüstdling in de Saharra ma verdibbe duud, dann wäerdd däs dorsch deen inschdallierde Kameeltreibäer *[durch den installierten Kameltreiber]* sofortt audoomaddisch korregiertd.

Jetzz waaß isch abbäer aach weenischstdens, wesweesche *[weswegen]* däs Teesaurus haaßt. Saurus kimmt ja von Prondo… Saurus… von de Dinosauriern ebbe, gell. Un an woss dengkt mär ganz schbonndaan *[spontan]*, wenn mär an Tee dengke duud? Rischdisch! 16 Uhr, Feieråwend – Kaffee un Kuche!

Dodedraa siehstde dann, uff woss fäer'm geistdische Niwwoo so e aageeblisch indelligende Sofftwärr-Täschnolloggie wärkklisch is: Finstderste Steizeit kann isch däer saache – eifach unnäer alläer Sau(rus), gell! Waahrschaanlisch hadde se däs Wörd dammåls schonn beim Fred Feuäerstein in Betriebb gehabbt hier. So e Berdda-Bambam-Wersjoon, wo die Neandäertaläern *[Neandertaler]* allerid *[ständig]* midde Keul druffgeklobbt habbe, wenn däs Ding uffgemuggt hot.

Jeedefalls war isch alls druff un draa geweese deen Kastde aachema bissi mim Beesbollschlääschäer *[Baseballschläger]* ze bearbeidde, gell. De Käwinn-Basskall *[Kevin-Pascal]* hot gemaant, isch soll eifach die Reschtschreibbprüffungg von de Wördd-Sofftwehr ausschalde. Woss waaß isch. De klaa Bångäert kennt sisch aach bessäer aas mit deem ganze Compjuddäer-Kremmbel, wie *[als]* de Babba.

Wie aach immäer – es hot jo zum Gligg noch so halbweeschs einischäermaaße hiehgehaue, gelle.

Un jetzz guggtdema nei in däs Buch un leest eusch dässema dorsch, wåss do schwarzz uff waaß nei geschribbe schdeeht.

Isch wünsch eusch viel Schbass dademitd!

Lektzjoon 1: Neulisch beim Raffaello in sei'm Restdorongg

Ei neulisch war isch bei mei'm Liebblings-Iddaljeenäer in de Innestadt geweese. De Raffaello is wärkklisch klasse du. Mär kann subbäer midd'm babbele. Eifach en uurische Düüb un en lusdische Käerll. Un schmegge dudd's aach immäer seehr, seehr guud.

Ei, wass hatt isch dann däs letztde ma beim Raffaello gegesse? Maanstde isch komm jetzz druff? Ei, die Bizza… die wo mär so in de Mitt zesammefalde duud. Häertt sisch so ähjnlisch aa wie kalde Zitrone…
Ei, eebe habb isch's. Calzone! Genau. Manschema is mär jo aachema bissi bläääd.

Ei, uff jeedefall… isch kann däer saache, du. Mein liebbär Scholli. Wun-dää-baah.

Pilzse warnn do drin. Lambingjongs un noch laudäer annäern Gemiggel, wo isch aaschentdlisch iwwerhaabt net maach. Isch wörd mei Fraa zum Deiwel jaache, wenn die so'n Zeusch in die Subb neischnibbele dääd. Abbäer beim Raffaello – subbäer leggäer! Einmaalisch. Saa-che-haft!

De Raffello mäscht die dollstde Dinggäer, du. Der waaß wie mär e aaschdändisch Bizza bäggtd – däs glaabstde abbäer, du. Ei, gelernntd is halt ebbe gelernntd.

Alläerdinggs muss isch dadezu saache, mei Fraa fand's baamm letztde må net ganz soo doll, als wie sonstd.

Anschein'd sin deere die Spaggeddi al Arrabbijadda net soo guud bekomme. Die hot uff eimo, hot die e ritzeroode Bäernn wie e Tomäädsche bekomme. Un gehuust hot se un geschwitztd wie e Schbarnnferggel uff'm Drehgrill. Ei, der is jo die Brieh bis zum Bobbes enunnäer gelaafe.

Um däs Ganzse må bildlisch ze ve'anschaulische... Wenn jetzz so e klåa Männesje hinne uff'm Bobbes von mei Fraa geschdanne hätt un uff die annäer Seit nübbäer gewolltd hätt, dann hätt däs klåa Männesje e Brücksche baue misse, um net abzesaufe. Abbäer waahrschaanlisch wär däs Männesje sowwiesoo uff de nasse Bagge von de Agnes ihr'm Hinnäern ausgerutdscht, nunnäergerutdscht in die Mitt un von dem reißende Schweißfluss in de Po mit neigerisse worre. Viellaascht is däs in Iddalje jo friehäer aftdäer... äh, öftdäer vorgekomme un die Römäern habbe eh gedacht, se wördde am Aarsch von de Weltd woohne un habbe dann deen Fluss desdeweesche *Po* genannt. Mär waaß es net. Muss ische må im Brogghaus bläddere oddäer bei Wiggipeddija guggele.

De Astderix hot ja aach immäer gesacht, die wördde schbinne, die Römäern. Abbäer net de Raffaello, gell! Däs mer uns da net missverschdeehe. Däs is nämlisch en ganz feine Käerll. Un der kimmt aach net von Room, sonndäern aus Südiddaljie – von ganz weit unne an de Hack vom Stiewffel.

Jeedefalls mei Fraa hot geschwiddzt wie e Brunnebuddzäer un geschnaubbt wie e Pfingstocks. Der sin jo fast die Hörnner weggeflooche vor laudäer Schilli. Isch dacht die kräbiertd mer glaasch am Stuhl.

A pro Po. Am näschstde Moind uff de Klooschissel, gell... Ei jei jeijeijei. Wås da füär perwersse Tönschäer un grusselische Geräusch vom WehZeh 'komme sin – de absoluude Horror du. Hieer, isch dacht isch misst en Exorzisde ausem Waddikann eifliesche låsse. Ei die heilische Brüdäer do unne sin jo extdra fäer so Fäll vom Pondiflex Maximiljus, oddäer wie e haaßt, ausgebild' worre.

Jäedenfalls hot däs bei mei Fraa dann nochemå so rischdisch schee nachgebrennt. Isch glaab däs nennt mär Aftdäerbörnner oddäer so ähnlisch gell? Däs reinstde Infernno Anale.

Un fäer däs klei Männesje, wo hinne aas'm Badonggkadongg wieddäer nausgeschosse gekomme is, war däs bestimmtd wie e neu Gebortt geweese.

Mei Frausche hot schonn e Verschwörrung gewiddäert un hot gemaant, die Maffja wörd da im Hinnäern schdegge, äh… da dodehinnäer schdegge. Also wärkklisch. De Raffaello is doch kaane von de Maffja. Jeeden annäern, aber doch net de Raf-fa-ello. Isch biddisch.

Fäer de Raffaello halt isch mei Hand ins Feuerzeusch enei. Däs kann isch däer abbäer saache du.
Ei de Bubb wördd's jo noch neddemå iwwäer's Herzz bringe, e dood Migg in die Subb nei ze werffe. Schdell däer må vor: Worschtsubb mit Fliesche un Pilzse – kwassi e Flieschepilzsubb. Wie schmeggt'n däs? Fuii Deiwel net nochemol. Eeschel ereeschend. Nåa, so'n Scheißdregg mäscht de Raffaello net. Do wördde deem doch die ganzse Leut fottlaafe. Ei ja, wass dann? Däs schbrischt sisch doch rum, Käerlle.

Woss mer gråd ebbe noch eifällt… Geescherübbäer am annäern Disch hot e Käerllsche gesesse, lossen må so um die sechszisch, viellaascht finfeseschz'sch geweese sei. Isch hatt zufällisch mei Lauschäersche uffgeschberrt unnemå e bissi mitgehorschtd. Mei Fraa hot jo ausnahmsweis må ihr'n babbisch Schnuud gehalde, weeschen de Huusderei, waaßtde.

Kimmt de Raffaello zu deem Dabbes an de Disch gerennt un fräscht'n wossäer ze esse hawwe will. Säscht de annäern, un jetzz halt disch fest: »Isch hätt gernn e Handkääs mit Mussigg un fäer mei Fraa Ruulaade mit Könnischsberschäer Kloppse.«

Zack, die Bohne. Woss hältst'n dådevon?

Ei'sch habb gedacht, isch bin im falsche Film hier. Isch bin fast im Erddboode ve'sungke, weil isch misch fäer deen Labbeduddel då fremdgeschäämt habb. Isch dacht, hoffentdlisch hot däs jetzz kaanäer mitbekomme. Isch habb erstd gemannt, de Bubb hätt e klaa Schbässelsche gemacht, gell. Abbäer de Dilldåbb hot däs anschein'd wärkklisch ernstd gemaant. Händkääs mit Mussigg un Könischsberschäer Kloppse innem iddaljäeenische Restdorongg. Da hoddäer abbäer må wärkklisch en Klopps gerisse hieer. Hotdäer sisch viellaascht verlaafe, de Dabbes? Mär waaßes net. Viellaascht hoddäer vor de Dier geschdanne un hot anschdatt Raffaello, Friggadello oddäer woss waaß isch geleese – de Simbel.

Ei jetzze må im Ernstd. Däs wär doch genau es Gleische, als wörddstde beim MäckDonnels e Frankfodder Knaggworscht mit Kardoffelsallatt beschdelle.

Schdell däer dässemå voär. Hessische Woche beim old MäckDonnald in Frankfortt uff de Zeil.
Kimmstde do nei, »Ei guude, wie? Isch hätt gern däs Hessemennü mit MäckHandkääs mit Mussigg un e eisgekühlde Äbbelwoi im geribbde Babbedeggelbeschäer mim Stroohhalm.«

Da muss isch ja grademå lache hier, gell.

Oddäer wie wär's dann mim Hessemennü Nummäer zwaa? MäckRibbsche mit Kraut un dodezu Frankfodder grie Sooß. Wass hammäer dann noch? Ei ja, Dibbehaas, ahle Worscht, ve'soffene Jungfäer oddäer Schbitzbuuwe mit Speggsooß. Übbäerleesch däer dässemå, wenn de old MäckDonnald då aach noch sei Worschtfinger mit nei schdegge wördd. Isch lach misch schebb hier, gell.

Wo isch däs mei Fraa ve'zählt habb, säscht die doch glatt, däss däs går ka schleschtd Idee wär.

Ei sischää, uff alle Fäll gell. Beim MäckDonnels in Kassel dääds dann MäckKassläer gebbe un in Darmstadt Darmstäddäer Knaggworscht-Börgger im Naadurdarmm oddäer wass? In Bäerlinn, Bäerlinnäer – Krebbelsche, waaßtde. Beim MäckDonnald in Pegging MäckHotdogg oddäer so'n schääne Gluddamattbörggäer. Un in Keiroh in so ne MäckDonnald-Pürramied habbe die dann Trommedarbörggäer mit Kamehlhaarn uff de Speisekartt druff steehe?! Nur fäer die Hamborggäer ännäert sisch halt ebbe nix. Un do dribbe bei de Ammis blaabt sowwiesso alles so wie immäer. Die mit ihre lammerische Schissbörggäer un der ganzse Mist. Desweesche sin die aach all so uffgedunse un fettleibisch do dribbe.

Däs Aanzischstde woss de Ammi mit Gulduär verbinne duud, däs is de Gulduärbeudel. Da könnt isch gråd verriggt werre. Abbäer woss juggt's misch dann übbäerhaabt? Isch wohn ja net im Ammiland, sondäern in de vereinischde Schdaade von Eurobba gell. Isch lach mer'n Ästje, du.

Isch woohn in Hesse! Ferddisch, aus, Bastda!

Bastda mäscht de Raffaello übbrischens aach selbäer. Nix aus de Konserffedoos oddäer aus'm Dittsche, gell. Nåå, nåå. Alles frisch aus de Kisch, uff de Disch.

Un welsche Lektzjoon lernne mer dodedraus? Beim hessische Iddaljennäer gibbt's ka schieneesisch Bizza mit Hund un Gluddamatt un aach ka gammlisch' Flaasch oddäer e aahle Worscht – un erstd rescht ka Könnischsbäerscher Kloppse.

Übbäer de Raffaello låss isch nix komme.

Lektzjoon 2: Widdäerseehn mäscht Freud

Ei jetzz bassemå uff, wåss jetzz kimmt. Vor einischer Zeit, isch waaß nimmäer genau, wie lang's her is, bin isch rein zufällisch bei mei'm alde Kumbel Harttmutt un sei Fraa Gerddruud an sei'm Haus vorbeigelaafe. Habb isch mer gedacht, klobbstde må freundlisch an die Dier un guggstde må wossäer noch so mäscht, de alde Babbsäggel. Ei, isch habb en jo aach schon jetzz beschdimmt… låss misch net lüüsche… zwaa… draa… zwaa… zwaa… joah, saache mer må draa Jahrn nimmäer g'seehn.

Nåå, däs kann aach net sei. Moomendemå, de Eddgar… also de Anwaltd-Eddgar… net de Keddesääsche-Eddgar gell… is vor drei Jahrn… nåa, voär vier Jahrn vonnem Stabbel… ei verbibbscht nochemå, jetzz komm isch alls wieddäer net druff… Wie haaße dann nochemol die reschtdeggische Dinggäer do, wo mär immäer so viel bläddäern duud? Nåå, net Bildzeiddung… aach net Kreuzworddrätzel.

Buch! Rischddisch. *Buch* haaßt de zesammegefaltdede Babbedeggel midde vielle Wörddäern un Buchschdaabe. Glaabst es.

Jeedefalls de Anwaltd-Eddgar – un net de Keddesääsche-Eddgar, gell(!) – is dammåls in de Bibblijotheesch vonnem kompledde Regaal mit laudäer so Parragraafebüschäern erschlaache worrre. Traachische Geschischtd – woss willst'n mache, gell. Abbäer is ja aachemå Worscht jetzz. Jeedefalls habb isch de Harttmutt beschdimmtdemå finf Jahr nemmäer g'seehe. Obwoohl mer's voärkimmt, als wär's erstd gestdäern geweese. Hätt aach dorschaus sei känne. Schliesslisch wohnt de Harttmutt nuär zwaa Häusäern unnäer uns. Abbäer seit deem de Käerll die Hegg midde Tuujabäum um sei Hütt drummerumm geflannzt hot, habbe mer uns ärschendwie aas de Aache verloore.

Isch waaß noch ganzs genau wie isch beim Harttmutt in die Schdubb nei komm… Isch werdd däs mein Leebe Daach net vergesse… un es war aach noch e Affehitz drauße, gell. Also aans nach'm annäere.

Isch klobb an die Dier, de Harttmutt mäscht uff un hot misch aach glei wieddäer erkanntd. Hot sisch gefreut wie'n Schneekönisch, gelle.

Säscht äer: »Ei jetzz bin isch abbäer doch von de Sogge du – de Frank! Wass mäschst'n du hier?«, un so weidäer gell. »Wie lang habbe mer uns dann jetzz schon nemmäer g'seehe? Däs' ja e Eewischkeit her, horschema. Beschdimmtdemå schonn zeeh Jahrn oddäer?«

Saach isch: »Nåå, waaßt es dann net mehr? Mir habbe uns däs letztde må vor finf Jahrn g'säeehe – wo de Eddgar vom Bischääregaal erschlaache worre is.«

Säscht de Harttmutt: »Woss? De Keddesääsche-Eddgar? Ei der is doch net vom Bischääregaal erschlaache worre. Der is doch midde laafende Keddesääsch vom Baum nunnäer gefalle un hot sisch dodebei uffgeschlitdzt bis uff die Knoche. Käerlle nåa – de arme Käerll.«

»Woss?«, saach isch. »De Keddesääsche-Eddgar? Däs därff doch woohl net waahr sei!«

»Ei, wenn isch däer's doch sach. Konnst disch dann do net mehr dadedraa entsinne? Isch habb'n doch noch ins Krangkehaus gefaahre dunnemols. Die Ärztde habbe gedengkt, däss ärschend so'n geisdesgestöörde Psüschopatt de Eddgar zerschdüggelt gehabbt hätt. Die Bluudflegge in de Kist habb isch bis heut net aus de Riggsitzbank naus krieht. Däs hot jo aasgeseehe, wie als häddisch e wilde Wutz aagefaahre un abg'schlebbt«, säscht de Harttmutt gell.

Dann hot's bei mir aachemo 'klinggelt im Obbäerschdübbsche: »Ei rischdisch! Jetzz wo de's säschst«, saach isch. »Der is jo aach nimmäer. Isch maant abbäer net de Keddesääsche-Eddgar, sonnäern de annäern Eddgar.«

Säschtde Harttmutt: »Ei du maans' bestimmtd de Erddbeer-Eddgar!«

Ei gibbt's däs? De Harttmutt is wahrschaanlisch aach schonn e bissi geistdisch im Nachthemdsche, mit saane Siebefäerzisch Jahrn.

Saach isch zu em: »Du maanst net de Erddbeer-Eddgar, du maans' de Erddbeer-Schosch!«

Un dann kaam's em Harttmutt langsamm wieddäer. Un dann hot mer de Harttmutt ve'zählt, däss de Schosch die Erddbeern jetzz schonn seit übbäer zwaa Jahrn von unne aaguggt. Ei däs hot misch abbäer aas de Schlabbe gehaache, kann isch däer saache du. De Erddbeer-Schosch war doch erst achtdefuffzisch!

Jäeddenfalls habb isch em Harttmutt verkliggäert, däss de Anwaltd-Eddgar vom Büschäerreegaal erschlaache worre is dammols. Wusst de Harttmutt nadierlisch wieddäer nix dadevonn. Is ja aach net weidäer traachisch, gell.

Uff jeedefall habbe de Harttmutt un isch uns soooo lang nimmäer g'seehn gehabbt.

Isch schdand also unne uff de Trepp vor'm Harttmutt sei Bruchbuud un isch wolltdem die Hand gebbe, gell.

Säscht de Harttmutt: »Hieeer komm doch mo nuff, isch kann misch net so bigge weesche ma'm Kreiz!«

Isch dadedruff nuff, schüddel em däs Händsche un fraach'n: »Un wie geeht däer's dann, Harttmuttsche? Siehs' ebissi blass aas um die Naas. Alles in Orddnung?«

»Ach häer doch uff, beschisse is noch gepraahlt hier. Hinne die Bandscheib im Aarsch, geschwollene Fieß, digge Båå un alls woss annäerstd. Abbäer woss willst'n mache? Alls weidäer, gell. Un wie siehts'n bei dir aas? Bist soo schee braungebranntd. Warstde im Urlaubb geweese, hä?«

Saach isch: »Nåå, isch war net im Urlaubb. Isch habb die ganzs Woch bei uns dehaam de Gadde umgegraabe.«

»Ach de Gadde hostde umgegraabe, aha, aha. Hier mein Guuddster. Loss uns dochemo bissi Blesch räedde. Woss mäscht'n übberhaabt dei Biggs?«

Saach isch: »Mei Biggs is dodefäer verandwordlisch, däss isch so e schee Fabb habb. Oddäer maanstde viellaascht, isch wörd mit mei'm lädierde Knie freiwillisch im Dregg rumbuddelle?!«

Konntdäer ja aach net wisse, woss mit ma'm Knie is, gelle. Alde Krieschsverletdzung ebbe. Hot mer däs Agnes damolls so dodegeeschegetreede, däss mer fast die Kniescheibb fottgeflooche is. Un dadebei bin isch doch wärkklisch nuär ein einzischst må midde ehemaalische Nachbarrin in die Sauna nei. Däs Rosswidda is abbäer aach e heiß Bömbsche. Woss willst'n mache? Un däs hot die aal Krawallbärscht glei spitz krieht. Abbäer däs isse annäer Geschischtd.

Um wieddäer uff de Harttmutt zeriggzekomme…

Jäedenfalls habbe mer zwische Dier un Angel noch so e bissi Schmolltogg gehaalde un so weidäer un so fott. In Hesse säscht mär dodezu *Haasegeschbräsch*, gell. Habb em bissi woss von mei Fraa ve'zählt. Aach die Schdorrie mi'm Raffello. Hotdäer sisch fast nimmäer eikrischt vor laudäer lache.

Korzze Reed, langäer Sinn, gell… Isch komm also in die Buud vom Harttmutt nei un dengk: Woss'n däs?

Un do war isch halt ebbe må neugierisch geweese un fraach de Harttmutt: »Hieer horschemå, woss riescht dann hier soo koomisch bei eusch in de Buud? Is bei eusch de Kloo explodiertd oddäer wass?«

Isch wollt's em jo aach net glaasch so direggtd vor de Latz knalle. Abbäer däs hot geschdungke bei deene –

unbeschreiblisch. Isch habb noch ka Minuut in de Buud drinngestanne, do haddisch aach schonn wieddäer däs dringende Bedärffniss die muffisch Hütt wieddäer ze verlåsse. Am liebbste wär isch riggwärtts glei wieddäer naus, obwohl isch de Harttmutt soooo lang nimmäer g'seehe habb, gell.

Dann uff ei'må, misch trifft jo fast de Schlaach, seeh isch uff de Trepp iwwäerall laudäer so braune Flegge. Isch musst die Luft aahaltde un habb fast Schnappaddmung bekomme, hieer.

Saach isch zum Harttmutt: »Äh, däs is abbäer jetzz net däs, wonaach's aassieht oddäer?«

Säscht de Harttmutt, direggt un ohne Umschweife – wie er ebbe ma so is, gell (mär kennt'n halt): »Ei, wass dann? Woss dengkst'n du? Mei Fraa hat wieddäer Inkondinenz un hot die ganzs' Buud vollgeschisse. Abbäer am schlimmstde sieht's in de Schloofschdubb aas. Die ganz' Bettwäsch, alles voller Scheiße, Koot un Fäkalie. Heut Nacht hat die sisch dermaaße eigekoodet – mer wäerdd schleschtd, wenn isch nuär dronn dengk.«

Un dann hot mir de Harttmutt erstdemå e schee Tässje Örl Grey Tee eigegosse un e bissi Knusbbäerzeusch un selbstgebaggene Schoggelaadeplätzje von sei Fraa gereischt. Braach isch ja wohl nix mehr zu ze saache oddäer? Ei maanstde viellaascht isch habb die Dinggäer gefresse oddäer wass? Isch glaab's geeht loos, hieer.

Un alls issäer midde Kann hinn un heer gelaafe un hot gesäscht: »Wass soll isch dann jetzz mache… wass soll isch dann jetzz mache?«

De Harttmutt, gell. Völlisch dorsch de Wind de armme Käerll.

»Ei ja«, saach isch, »schrubb erstdemå grindlisch die Buud, kaaf däer fuffzisch Doose Duftsprääj – fresch Ähr un wie der ganze Schiss haaßt, un dann wäerdd däs schonn wieddäer midde Zeit.«

Säscht de Harttmutt: »Däs habb isch alles schon probiert – hot nix genitzt. Heut Moind war isch schonn in alläer Herrgottsfrieh uff de Båå un habb in de Droggerie en Großeikauf getäädischt. Ei die Ve'käuferinn hot misch viellaascht blääd aageguggt, du. Däs war mer ganz schey peinlisch geweese. Abbäer woss willst'n mache?«

»Ei ebbe«, saach isch, »woss willst'n mache?«

Guggtde Harttmutt misch doodaal ratloos aa – so wie als wär er ärschendwie e bissi weggetreede, waaßtde.

Un jetzz halt disch fest. Wåss maanstde dann, wåss de Harttmutt dann uff ei'mo säscht?

Ei bass uff. Säscht der Harttmutt doch daatsäschlisch worttwörddlisch ze mir: »Isch glaab isch faggel die Buud ab un komm nimmäer wieddäer.«

Wåss hältst'n da dodevon? Däs is mer unbegreiflisch. Käerlle nåå. Däs will mer net in de Kobb enei. Wie kammäer dann nuär soo blääd sei?

Ei, schonn in de Grundschuul lerntd mär doch, däss brennende Scheiße bis zum Himmel schdingke duud.

Lektzjoon 3: Schaffe lohnt sisch (n)immäer

De langg Lullatsch vom Loddar, mei'm Nachbar gell – däs is so'n rischdisch Traanfunzselische. Ei de Loddar säscht immäer, däss de Boohnesimbel nix schaffe will, abbäer dodefäer bärschtde wie'n Weltdmeistdäer. Da fraach isch misch, wie de Labbeduddel mit sei'm klääschlische Arbbeiddsloosegehalt däs übbäerhaabt bewerggschdellische will. Ei ja, fäer so e jung Määdsche in die Kist nei ze bekomme, muss mär ja erstdema schee mit deene esse geehe un so weidäer. Un kennelernne duustde se ja aach net, wenn de nuär de ganze Daach dehaam rumhänggst un vor de Glotzkist aane Äbbler nach'm annere in de Kobb enei haachst oddäer als Ersatzbefriedischung alleridd uff de Blähstäschen rummdaddele duust. Da muss mär schonnema uff die Gass, fäer soo e klaa Disggozumbelsche abzeschlebbe. Un dann braachstde jo aach noch e Audoo. Fahrrädsche – aach wenn's e Tanndemm is – kommt ja net soo guud bei unsäern verwööhnde Döschtdern aa. Un Audoo is jo aach net gleisch Päkkaweeh. Ei die Madamme von heut setdze sisch doch mit ihr'm uffgemoddzde Fahrgeschdell net in soo' aal klabbrisch Kist enei. Un wenn de dann mol e einischäermaaße aaschdändisch Feehiggel unnäerm Bobbes host, dann hostde abbäer noch lang dei Ve'sischerrung net bezoohlt. Un tangke musstde die Schissel jo aach noch.

An de Tangkschdell habbe die ja Preise wie am Frankfodder Fluuchhaafe.

Un dann säscht de Vaddäer zu sei'm Schluurie: »Geeh schaffe, du faul Sau!«
Ei, vonn wass dann?

Un wenn de de Hauptgewinn in de Lodderie gezooche host, un zu deene gligglische Leutd gehääre duust, die wo ihrn Schobb noch habbe, dann kannstde disch abbäer draahalde un Üwwäerschdunne klobbe, bis Bonanzsa kimmt. Un dann musstde fäer de Biggboss rund um die Uhr immäer dellefoonisch uff dei'm Händie erreischbbar sei.

Un heut gibbt's aach genüschend Leutd, wo fäer'n Knobb un' Kliggäer schaffe geehe un drei Nebbeschobbs habbe.

Un wenn de Pesch host, dann hostdes nuär mitd lauddäer Armläeuschtdäern, Huddläern un Fuldäern uff de Arbbeidd ze due. Do herrscht heut Kriesch. Machtkämpf un Mobbing un der ganzse Scheissdregg. Da is die Kündischung ja fast schonne Erlössungg. Host dann zwar ka Arbbeidd un ka Flogge mehr in de Däsch, dodefüär bistde dann abbäer e Fall fäer de Psüscho-Ongkel. Raus aus de Fäermma un nei in die Klappsmüll!

Isch habb aach immäer gedengkt Mobbing wördd's nur bei de Buddzkollonn un soo Gebäudereinischungsfäermme gebbe. Sch'habb immäer gemaant Wischmobbing wär e extreeme Formm vonnem Buddzfimmel. Ei'sch habb jo aach so'n verriggtde Buddzdeiwel dehaam, gelle – däs Agnes du. Wenn die ma losleescht, dann musstde disch abbäer verschdeggele. Wenn die uff ihr'm Beese mim Buddzlabbe un deem Meistdäer Probbäer dorsch die Buud fliehscht, musstde in Deggung geehe.

Abbäer bessäer so, alswie die Buud verkomme lasse. Däs sieht mär jo aach immäer im Erlebniss-Riälleddi-Fernseeh. Die ganzse vermüllde Buude von deene Messis, wo Radde, Kaggäerlagge un annäer Getiern sisch guude Nacht saache.

Jäedenfalls, woss isch saache wollt – Wenn de Arbbeidd host un rischdisch woss verdiene duust, dann hostde abbäer dadodefäer gar kei Zeit fäer die Flogge auszegebbe. Da baaßt sisch die Musch doch in de aaschene Schwanz enei.

Große Ausnaahme is mei Schwaachäer, de Schosch. Hodde eischen Fäermma, die wo so Plastdigg-Zeusch-Gerümbel do herschdelle – woss waaß isch. Jeedefalls hoddäer baar Milljönsche uff'm Kondo druff liesche, e riesisch' Hütt, en Erstdwaache fäer hunnäertväerzischdausend Euroone un aach noch so e beirisch' Familljekutdsch. Maanäer Schwestdäer hot de Bonzsen en Porsche zum Fuffzischtde geschengkt. Un dodemitd hoddäer sisch selbst sei größt Geschengk gemacht, de Almoi. Weeschemir! Wenn de Käerll maant, dässäer so e Peenisve'länggerung habbe misst. Abbäer isch dengk mer, es is aach so e bissi als Wieddäerguudmachung gedacht, weil de Schosch so selde dehaam is un sei Näscht äftdäeremol im Tokkjo Hoodel mit so e paar jappaneesische Geeschaas verbringe duud. Däs is kwassi e Präsent von sei'm Geschäfftsfreund, de Yokohamma Kawwassaggi… Tammagottschie, woss waaß isch. Wenn de so e lebendisch Geschengk ableehnst, dann ziehe die Jappse glaasch e Flunsch un schbiele die beleidischtd Lewwerworscht. Kannstde net mache.

Achsoo. Un dann habbe die Kinnäer von maane Schwestdäer, also die Kusien un de Kussengg vom Käwinn-Basskall aach noch jeedäer e Feehiggel zum achtzeehnde Geborttsdaach geschengktd bekomme. Abbäer nix unnäer zwaahunnäert Pfäerddeschdärgge, gelle. Däs Schakierra-Schanntall braach jo aach e Faahrzeusch fäer ihrn Studdijum un fäer in de Tennisklubb, zum Juddoo, in de Pfäerdestall, ins Fitnessschduddijo, zum Danzunnerrischt un ins Tonschduddijo, wo se ihrn Mussigg-Zeedees uffnehmme duud. Un de Scheeroom-Schasstinn muss mit saanäer Freundinn ja aach allsema in die Dissgoo oddäer sei'n Obba besuche. Desweesche hoddäer aach de guude Volkswaache vom Obba geschengkt krieht. Nachem halbe Jahr hoddäer die Kist dann ve'kaaft. Ei ja, die Dieseldreggschleudäer, war so'n'so von vornne bis hinne doodaal verbeultd geweese, weil de Obba im Blindfuuch alleridd die Mülltonne uff de Gass umgemääht hot. Dann hoddem de Babba schließlisch nach langem bidde un beddele e Sporttkabbrijoo mit zwaahunnertdfuffzisch PS unner's Garaaschedach geschdellt – also net deem Obba, sondäern deem Schasstinn gell!

Nuär wenn de nadierlisch die Ve'sischerung un de Schbritt net bezaahle kannst un die Kist nur fäer de dolle Blääsinn in de Garaasch vor sisch hierosde duud, gelle… Abbäer de Babba Schosch mäscht däs schonn mit saane Milljöönsche.

Es is ja aach alles so deuäer, gell? Jetzz will sisch de Scheeroom-Schasstinn noch e baar Flogge als Dissgooschockee verdiene. Bissi Schallpladde in de Zabbelhall uffleesche, waaßtde – woss iss'n däs?

Wenn isch mer dadegeesche de Käwinn aagugg – Ei der hot sisch en gebrauchtde Kleinwaache mit finfeväerzsisch PS 'kaaft, wo de Bubb sisch e klaa Kreddit fäer uffnehmme musst. Un de Labbe hodd'm nadierlisch aach kannäer bezaahlt. Isch un mei Fraa konnde's net un die bugglisch Verwandtschaftd musstde jo schbaare, dodemitd die ihrn Pallast, de Fuhrparkk un de Urlaubb bezaahle känne.

Weenischstdens de Obba un die Omma hädde jo aachema paar Kröööde loggäer-floggisch mache könne gell – Pusdekuche, am Aarsch die Räubäer, gell. Abbäer Hauptsach jeede Moonat sibbehunnäert Euro beim Dellefoonschobbing fäer Schbirrulinnakapseln un annäern Spiränzjer un Figuggscher aasg'bbe, deen wo kei Sau braach; oddäer sibbedausend Euro fäer ärschendwelsche Kaffeefahrdde dorsch de Taunus. Isch sach dodezu nix mehr. Die solle mache woss se wolle. Die sin ja aach so stuur, wie zwaa Banzerfahräer aus'm zwaade Weltdkriesch. Da kimmstde net dodegeesche aa.

Un dadevon ma abgeseehe, habbe mei Schwestdäer un ihrn Scheisch ja aach gar net die Zeit dodezu, fäer sisch aach noch de Kobb übbäer annäern Leutd ze zerbresche. Die sin jo die meistde Zeit mit Urlaubsplaanung un annäern wischdische Sache beschäftdischt. Urlaubb mache die unngefäähr finf ma im Jahr, gell. Als wördd's net lange, däss de Schosch geschäftdlisch schdändisch um die halb Erddkuuchel kreise duud un in de Weltdgeschischde rumfliescht. Priwatt genau es gleische.

Mär kann dodevon aasgeehe, däss von zeeh Fluuchzeusch, wo übbäer unsäern Siedlung nübbäer fliesche, in aanem de Schosch sitzt un von obbe runnäer winggt. Der is schonn soo viel geflooche hier un hot en ganze Aarsch voll Fluuchmeile gesammelt, dässäer fäer de Rest von sei'm Lebbe fäer umsonst fliesche kännt. Un de Hammäer is jo, däss die dann aach noch Fluuchreise bei ärschendwelsche Gewinnspiele gewinne gell. Da kännt mär jo aachema an sei Verwandtschaft dengke un selbäer ma mim Aarsch dehaam blaabe, gell!

Im letzdde Jahr war die ganz Baggaasch in Brassilie, dann in Neuseeland, bei de Kubbanäern, drei Woche Ammerrika, uff de Fittschie-Inseln un dann aach noch in de Schweiz im Schiiurlaubb. Eurobba känne die so'n'so schonn in un aaswendisch. Abbäer die Schlamms gugge die sisch nadierlisch net aa. Alles nur vom alläer Feinstde. Rosarood Brill uff un abb ins Finf-Sternne Lucksusshoodel nach Monaggo, Dubbei, Rimminni oddäer aachema zu de Bridde nach Äschkott oddäer wie däs do haaßt. Däs is do, wo die do immäer midde riesische Hüüt uff'm Kobb uff de Gäulsrennbahn dorsch die Geeschend gallobiere, waaßtde.

Fäärerweise muss mär abbäer aach saache, däss die jetzz net nur Pferddewedde mache oddäer in Lass Weggass im Kassino rummfliesche un deen ganze Schoddäer uff de Kobb haache. Die duun jo aach allsema woss spende – fäer millitäärische… äh, fäer mildtäädische Zwegge, wollt sich saache. Abbäer, ob die Flogge wärkklisch aach do aakomme, wo so aakomme solle, is do beinah schonn zwaatranggisch. Hauptsach es Gewisse is e bissi beruhjischt un mär kann's von de Steuäern absetdze.

Ei ja, is ja aach worschtegal! Es geeht misch jo aach nix aa.

Eimo waare mer ma bissi knabb bei Kass geweese, un'sch habb mei Schwestdäer gefraacht, ob se mer mo finfhunnäertd Euro leihe könnt, weil mir die Stroomreschnung net bezaahle konnde. Säscht se mit ganz histerrischer Stimm: »Naa, däs geeht net! Miääär habbe doch erstd finfezwanzsischdausend Euro fäer de Grannidboode im Wohnzimmäer bezaahle misse!«

Ha! Wenn's net so traarisch geweese wär, hätt mär fast dribber lache könne gell. Un deen Grannid hot sisch die Schbarbiggs aach noch vonnem guude Kummbel vom Schosch leesche losse. Sonstd wär's nämlisch noch deiräer 'worre. Däs sin Kniggsägg kann isch däer saache, du. Abbäer woss willst'n mache? Ze viel Schoddäer versaut halt ebbe de Karaggdäer, gelle?

Abbäer mär muss saache, woss die Feijerei aageeht, losse se's soo rischdisch krache un schebbäern. Do zeische sisch die gnäädische Herrschaftde dann wiedderum grooßzüschisch. Ei die Großduhäer wolle halt ebbe bissi glänzse, gell.

Uff'm fuffzischsde Geborttsdaach vom Schosch… Hier! Däs war de reinstde Zärgguss, kann isch däer saache du. Hoddäer so baar brassiljannische Ramba Zamba-Dänzerinne eifliesche losse. Dann noch so en Bembelschüttläer an de Kockteelbaar, wo de ganzse Awend midde Äbbelwoibembel rumschonggliert hot; en Feuäerschbuggäer un e Zaubäerer un waaß isch, woss net noch all fäer Ferzz. Un zur absoluude Kröönung hoddäer aach noch de Ellwiss Presslie wieddäer von de Doode uffersteehe losse! Däs' de Hammäer du.

Woss mär mit e bissi Schoddäer alles mache kann – saachehaftd!

Wenn de Oddo-Normalverbreschäer må rein zufällisch vom Bürroocks de Urlaubb geneehmischt bekimmt, un will maanetweesche nach Isdannbull oddäer an die Riwwerra, oddäer wass waaß isch wohinn, dann kann däer's bassiere, däss de anschdatt in em Hoodel, wo vier Schdernnschäer hot, in so e runnäergekommene Barragg neigefärrschtd wäerst, midd'm Schwimmingpuul, wo die Brieh von vor zwaa Jahr noch drin schdeeht.

Ei, so is däs de Agnes un mir vor baar Jahr'n in Ballma uff Mallogga bassiert. Do mäschstde ein einzischst' ma im Lebbe Urlaubb, fäer deen de zwanzsisch Jahr lang mit Mieh un Noot jeeden aanzselne Grosche zesammegekratzt host un dann so e Kaddastroof.

Jäedenfalls konnt isch mer däs Gekreisch von de Agnes net mehr mit aahööre un habb mer kein annäern Raad mehr gewusst, als de Hochzeitsplanäer hier vom Wannseeh aazeruufe. Ei, wass babbel isch dann wieddäer fäer doll Geschäerr. Isch måan natdierlisch de Urlaubbsreddäer vom RTL, gell!

Unsäern erstde, einzischstde un letztde Urlaubb war zwar ka schee Erinnerung, dodefäer abbäer en unvergesslisches Erlebbniss fäer die Eewischkeit.

Un mer könne heilfrooh sei, däss mer däs übbäerhaabt übbäerleebt habbe un halbweeschs unversehrt do unne aagekomme sin. Un däs is jetzz wärkklisch net übbäertribbe!

Ei bass uff! Uff'm Hiehfluuch bin isch so e bissi eigedääst. Uff ei'må schregg isch uff un mergg, dässes klaa bissi hollbrisch is do obbe in zehndausend Meedäer Höh. Dann mäscht's uff aamol *Dingdong* im Lautschbreschäer un de Gabbidään hält e egreifende Reed zu de Passaschiern. Jetzz bass uff, woss jetzz kimmt. Schnallt eusch aa, gell.

»Liebbe Fluuchgäste. Hieer schbrischt Ihrn Fluuchgabbidään von de…« Isch waaß jetzz nimmäer genau, womit mer geflooche sin. Lufthansa war's net. Die habbe ja gestreikt gell. Däs war irschendso e Billischäerrlein geweese hier. Wahrschaanlisch Bruchpiloode-Äerrleins oddäer Breijen-Äerr. Es kann aach Dschörmen Dings bums, woss waaß isch geweese sei. Un däs war aach noch de Fluuch midde Nummäer 666 gelle. Alsoo däs war schonnemå ka guudes Oome geweese. Jedefalls hodde Kabbidkobb von dem flieschende Leuggoplastbombbäer e klaa Aaschbraach gehalde. Jetzz bass uff, woss de Fluchzeuschführäer gesäscht hot.

»… Hieer schbrischt Ihrn Fluuchgabbidään…« un so weidäer. »Miär befinne uns gråd ebbe im Landeaafluuch. Wennse må bidde soo freundlisch wääre, en klaane Bligg nach unnne ze werffe, dann könne Sie däs strahlend blaue Meer mit saane wundäerscheene Inselschäer erkenne. Discht dodenäebber, glaasch unnäer de brennende Traachfläsch, schwimmtde gelbb Schlauchböötdsche, von deem isch gråd zu Ihne schbresche du un maane scharmantde Schduardesse Ihne von hieer unne zuproostde. Bidde seie Se ganz unbesorschtd un bewaahre uff jäedenfall die Ruuuh. Däs isse reine Vorsischtsmaaßnaahm, gell. Es gibbt net de geringstde Anlass in Pannikk ze geraade. De Audooiddijoot… *(räusper)* Schuldischung. De Audoopilloot wäerdd Sie zufällisch… äh, zuverlässisch un völlisch kernngesund an Ihr Urlaubbsziel bringe – då bin isch mer ziemlisch sischääää. Die Passaschiern uff de billische Plätzz werdde gebeede, unväerzüüschlisch däs Gekreische eizeschdelle un sisch gefällischst e bissi zesammezereiße. Sofäernn vorhande, ziehe Se sisch doch bidde die Sauäerschdoffmasgge übbäer de Kobb drübbäer un blaase die Schwimmflieschel uff, die wo aus deem in de finfte Reih befindlische Löschelsche im Boode zu erangele sin. Mir von de Fluuchgesellschaftd bedauere außäerorddentlisch, däss die Flogge fäer professjonelle Schwimmwesde oddäer Reddungsschäermm, leidäeer nischt meehr ausgereischt habbe. Fäer de höschst unwaahrschaanlische Fall, däss de Voochel bruchlande duud, wäerdd die Sischäerheitsgebühr in Höhe vonn zwaa Euro un fuffzisch Sent, uff däs Konddo von Ihre Hinnäerblibbene zerrigerschdaddet. Falls de Feuäervoochel däs Festland erreische sollt – mär waaßes net, gell – treede Se beim Verlåsse von deem abgefaggeldde Flieschäer net die Teelischtdäern aus, wo die Notbeleuschdung ersetze. Falls die Gefahr beschdeeht, däss Se sisch vor Ängst in die Buckse nei mache, benuddze Se die dadefäer vorgeseehene Plastigg-Uriennbeudelschäer, weil de Kloo aus finnanzjelle Gründ abgeschafft 'worre is. Weil aach Weibsleut mit an Bordd sin, bidde mer unsäern männlische Fluuchgäst, aus ästheedisch-higjeenische Gründe inbrünsdisch im Sitdze ze brunzse. Dangke fäer Ihr Entgeeschekomme. Falls Sie ins Kockbitt neigugge sollde, erschregge Sie sisch bidde net übbäer die Leische, wo do uffenannäer hänge. Däs sin nuär e baar harmmlose Fluuchzeuschentführäern, wo sisch übbäer däs Fluuchziel uneinisch geweese sin un sisch desdeweesche geescheseidisch uff de Nischel geklobbt un de Gaar ausgemacht habbe. Mir hoffe, däss Sie mit unssäerm Sörwwiss mehr wie zefridde sin un freue uns, däss Sie Ihr Vertraue an uns ve'schenggt habbe. Fäer ewwenduell entschdeehende Unannehmlischkeide entdschuldische mer uns schonnemå im Vorraus un wünsche Ihne weidäerhinn en angeneehme Uffentdhalt an Bordd von de Newwäer-komm-bäck-Äerrleins. Viellaascht seehe mer uns ja schbäädäer doch noch an de Schdrandbar. Isch wörd misch uff jeedefall freue.«

Woss hälstd'n dadodevonn? Däs' de Krachäer oddäer?! Wass isch misch fraach, wie de Käppten Nemmo un sei uffgetaachelt Schduardesse es gebagge bekomme habbe, sisch ganz unufffällisch ze verpisse un mimm Schlauchboot abzeseile? Viellaascht hot de Bruchpilloot ja e Reddungsschäermm dadebei gehabbt? Mär waaß es net.

Un es is wärkklisch e Wunnäer, däss mer nur midde baar blaue Flegge uff de Insel aagekomme sin. Guud, bei de Bruchlandung hot sisch mei Fraa bissi de Wäersching geranntd. Der war haltd e bissi schwummrisch un hot e klaa Beulsche vornne an de Brezzel gehabbt. Abbäer's war net soo schlimm. Isch vermuud dorsch die Hitz hot se däs schlimmäer empfunne, als wie's im Endeffeggt daadsäschlisch geweese is. Guud, se hot am erstde Urlaubbsdaach die meist' Zeit im Hoodelzimmäer mit ihr'm Däätz in de Kloschissel gehongge. Abbäer'e Schleuddäerdramma wäerdd's wohl net geweese sei.

So is däs gell. Wemmäer's Lebbe so rischdisch genieße kann, dann waaß mär aach weenischsdens fäer woss mär schaffe geehe duud.

Lektzjoon 4: Griescheland is abgebrannd

Bass uff, jetzz kimmt'n bolliddische Witz.
Unsäern Bundeskanzläerin un de Schäuble Wollfgang, mache mim Hubbschraubäer so'n Rundumfluuch übbäer Griescheland, fäer sisch die schee Landschaft må von obbe aus de Vööschelperssbektief ze beguggele.

Unne uff de Erdd schdeht alles lischdäerlooh in Flamme. Gebäude brenne un die uffsteischende Raachschwaade vernebbeln deem Pilloode so bissi däs Gesischtd. Däs Merggell un de Schäuble habbe's sisch bei em Gläsje Proseggo gemiedlisch gemacht un sin aach schonn e bissi besoffe in de Bäernn.

Säscht de Schäuble mit sei'm schwääbische Aggzent: »Angie (hickz), w… wenn i jetzsch einen Hunderteuroschein ausch'm Fenschter werffe tu, f… freut sisch ein armer Grieche. Da kann der sich bestimmt zehn Flaschen Ouzo von kaufet.«

Säscht die Merggell: »Ach Wolfgang (hickz), h… host de ma nunnerguggt…« Naa, halt, stopp. Die Muddi babbelt jo Hochdeutsch mit Ostdeutsch verworschtdelt, gell. Also nochemå von vornn.

Säscht die Merggel zum Schäuble: »Höst dü mal rausgeschaut, Wölfgank? Das Geld verbrennt doch, wenn du es einfach so aus dem Fenstöör würfst. A… Alsö, ich wördde ja lieböör mit dem Rettungsschüürrm runtersprüngen und zehn Zehn-Eurö-Scheine an zehn armö Griechen verteilen.«

Dadruff de Schäuble: »Aber Angie, dann verbrensch' du dir doch däsch G'säßle!«

Säscht die Ansch'la: »Ach verdammt, da haab ich jetzt goar nisch' dran gödacht, Wölfgank. Na dann schmeiß ich die Köhle lieböör doch aus'm Fenstöör, und es freuen sich zehn armö Griechen!«

Säscht de Schäuble: »Ab'r däsch Geld verbrennt do, häsch du ebbe no g'saaget.«

»Wölfgank, man musch... muss einfach nur die Windrichtung mitberechnen. Glaub mir, ich als prömovierdö Physikörin, weiß wovon ich sprösche.«

»Subb'r! Däsch isch ja genial. Un dann freuet sich zeeeeehn arme Grieche! Huuurraaa!«.

Dreeht sisch de Pilloot uff aamol rum un säscht: »Wenn ihr zwaa alde Babbsägg då hinne neddemå bald euern babbische Bambelschnuude halde duud, dann werff isch eusch aus'm Fenstdäer naus – un zwar ohne Reddungsschäermm. Un dann freut sich ganz Deutschland, ihr Hannebambel. Däs glaabstde abbäer, du.«

Abbäer de guude Pilloot hodde Herzz fäer Rollschduhlfahräern un ostdeutsche Mauäerblümmsche gehabbt un deene zwaa Schnappsdrossele nur'n Maulkorbb verbasst.

Isch bin ja må geschbannt wann däs grieschische Infernno bei uns nübbäer schwabbe duud. Wo willstde dann noch hie, wenn die ganz' Buud abfaggelt? Da kannstde doch nuär noch fottlaafe.

Als erstdes wäerdd de Brandherdd von Grieescheland nuff ziehe – wass waaß isch; übbäer Idaalje, Östderreisch un so weidäer. Ojee, de armm Raffaello. Sei Muddäer, de Vaddäer un die Omma und de Obba sin jo do unne am Wessuff. Isch glaab wenn's do unne brenne duud, dann dreeht de Raffaello dorsch du. Dann is Feiäerawend un nix mehr mit orritschinaale iddaljäennische Bizza, frisch aas'm Schdaaoofe. Dann blaabt die iddaljäennisch Kisch kalt un isch muss mer die Diefkiehlbizza vom Aldi kaafe.

Hoffendlisch habbe se uns dann noch net dehaam de Stroom abgedreeht, dodemitd mer weenischdens die Miggrowell aaschmeiße känne.

Jeedefalls kimmt däs grieeschische Feuäer erstdemol zu deene Zippelklatschäern nach Beijäern.
Schdell däer dässemå voär. In Beijäern brennt die Hitt uff de Alm, un e beijowaarische Flüschtdlingswell schwabbt uff Hesse nübber. Un nebbedråa aach noch die ganze Schwaabe. Heilischäer Bimbam. Redde sisch wer kann, kann isch da nuär saache. Schdeeh uff, wenn de Hesse bist, un nimm die Båå in die Händ un laaf so schnell de kannst, bevoär's zu schbäät is.
Uff de annern Seit wäre mer abbäer aach schee blääd, wemmäer uns aas unser'm eischene Hesseland vertreibe låsse wördde.
Ei ja, viellaascht is däs ja aach alles går net so drammadisch, un die Sintfluut löscht die Feuäerinbrunst widdäer, gell. Muss isch vor de Abbogallüpps hier, erstdemå en Schwimmkorss beleesche un mei Seepfäerdsche nachhole. Ach, wass'n Uffwand weesche so bissi Weltdunnäergang – häer uff!
Wass im alde Desdament de Aarsch vom Noah war, däs is heut de Reddungsschärmm.
Abbäer mär muss saache, de Bubb war klewwäer geweese. De Noah, der hot sei'n Aarsch vor de Sintfluut gereddet; un noch ganz viel annäern Bobbese.

Käerlle Noah. Däs ganze Theadäer do. Da blaab isch liebbäer mim Aarsch dehaam un mach mer's in de guude Stubb vormm Fernseeh uff de Kautdsch mim Äbbler, em scheene Handkääs un e Dutt Zwiwwelringe gemiedlisch oddäer bestell mer beim Raffaello e kaltde Zitrone.

Lektzjoon 5: Raache kann döödlisch sei

Heutzedaach därffstde jo nix mehr, gelle. Alles krieht mär verboode von deene Iddijoode do obbe. Als wördd's net lange, däss de Hausdrache aa'm vorschreibe duud, wie mär de Daachesablauf ze geschdalde hot. Abbäer däs isse annäer Theema.

Wenn de dir heut in de Kneip bei em scheene Schobbe gemiedlisch e Ziggarettsche aazünds, schbringgt direggt de Raachmeldäer åa un zwaa pflischtbewusstde Beamde vom Orddnungsamt komme um die Egg gebooche, reiße däer de Klimmschdängel dermaaße unsanft aus de Schnuud, däss die Hautfetze von dei bluddisch Unnäerlipp am Filtdäer hängge blaabe – verbunne middem freundlische Hinweis, däss es TÜV geprüfftde Elektroozigaredde mit USB-Anschluss un Erddbeergeschmagg gebbe wördd.

Un wenn die Hüüdäer von Rescht un Orddnung må ausnahmsweis net so flink unnäerweechs sin un de trotzdeem weidäer kwalme duus', kimmt irschend so e raddikaal extdremistdische Gesundheitsfannaddigger, wie en Beklobbtde uff disch zugeschosse un klobbt disch windelwaasch. Dodegeesche sin en Raacherbåå un zwaa geteertde Lungefliesche fast e Kinnäergeborttsdaach beim old MäckDonneld! Godd sei Dangk habb isch mer die Blotdzerei schonn langg abgewööhnt. Muss isch mer weenischdens net aach noch die gruuselische Bildäern uff de Ziggareddeschachdele aagugge.

Un so Elekdrooziggaredde komme mer schonnema grad gar net in die Dutt. Ei wenn de so'n Mäde-in-Schiena-Böller in de Dasch host un däs Ding explodiert uff eima, dann hostde denaach abbäer e Stimmsche wie de Heintje un kanns' im Määdschechor mitsingge.

Alles Ferzz mit Krigge.

Apropo Ferrz. Misch wunnäert nur, däss mär in sei eischene vier Wänd nochen Forzz låsse un uff de Aabee geehe därff, ohne däss die Scheißhauspadrullje an die Klodier bumbäert. Guud, däs Agnes basst schonn akkribbisch dodedruff uff, däss isch im Sitdze schiffe tu, gell.

Un seit wann wäerdd dann mei Intiembereisch übberhaabt reschbeggdiert? Muss isch jetzz noch mim Ganzkörppäerkondoom rumlaafe, dodemitd mer kannäer ans Båå pingkele duud? Ei wass dann? Uff die Priwattsfäär wärdd doch heutzedaach immäer mehr druff geschisse!

Abbäer mer könne jo noch froh sei, däss mer net do unne bei de Ölscheischs wohne. Då misse die Fraue sisch bei de Affehitz von obbe bis unne vermumme du. Es is mer schleierhaftd wie die däs de ganzse Daach aushalde.

Ei ja, isch dääd däs Agnes jo aach allsema gern in die Wüst zum Schdaubsauche schigge.

Jeedefalls, wenn de dir do unne in de Öffentdlischkeit e Flupp aazünds', dann gnaade dir Allah. Weil wenn de dodebei erwischt wäerst, kimmstde erstdemol in de Kääfisch nei un de Obbäerscheisch hackt däer die Flosse, de Zingke un die Lauschäern ab un zieht däer die Haggelscher ohne Bedäubung einzeln aus de Kauleistd raus – die brudaal Sau! Aaschließend wäerstde gehäudet un ausgepeitschtd un in de Wüst bei fuffzisch Grad in de glühend haaße Sonn am Galge uffgehonge, bis de Aasgeijäer aageflooche kimmt. Desweesche wördde mir aach nie bei deene Wüstlingge do unne im Orriejent Urlaubb mache. Da herrsche jo Sidde du – schlimmäer als wie bei de Hodde Todde.

Abbäer raache im Audo gehäert genauso verboode, als wie beim Fahre mim Händie dellefoniere. Ei schdell däer må vor, du duust däer im Audo e Kibbsche åazünde, un die Flupp fliehtdäer bei zwaahunnäert Klamodde uff de Audobahn aus de Schnuud un setzdt de Deppisch in Flamme hieer. Dann fährstde mit dei'm rollende Infernno aas Verseehe in de Tanklastwaache nei, un ratzi fatzi is de Oofe aas. Do bistde baff.

So is däs. Raache kann döödlisch sei. Also uffbasse gell!

Lektzjoon 6: Nuär die Hardde komme in de Gardde

Aanes scheene Daaches im Hochsommäer, war isch må wieddäer zwangsläufisch mit mei'm guude alde Fordd Taunus bei mei Schwestdäer in de Taunus gefahre hier, fäer Garddearbbeidd ze verrischde. Ei de Schosch war erstdens geschäftdlisch uff Acks, un driddens mäscht de Bürrohengst sisch sei mannikürde Worschtfingäer ganz beschdimmtd net im Gardde dreggisch – de Latschgiggel.

De Schosch is de Obbäerkrachäer du. Milljoone uff'm Konddo, abbäer net dodezu in der Laach må e Naachel gråd in die Wand neizeklobbe. Käerlle nåå, da kännt isch gråd verriggt werre du. Abbäer wemmäer genieschend Schoddäer hot, kammäer sisch e bissi Dabbischkeit aach allsema erlaube gell.

Ma Schwestdäer hot aach ka Zeit gehabbt. Se musst Tennis schbiele un zum Klawierunnäerrischt. Bauch, Baa, Bobbes, waaßtde un aaschließend in die Wellness-Oas, fäer sisch die Aarschfalde glädde ze losse un die Aachedeggel ze straffe. Un die Zähnn hot se sisch aach noch bliedsche losse, oddäer wie däs haaßt. Alls woss annäerst.

Uff jeedefall hot misch mei Schwestdäer in de Taunus beorddäert, um bei deene bissi im Gardde rumzewüühle. Immäerhin zahlt se zwellf Euro fuffzisch die Stund unne warmm Mahlzeit mit Unnäerkunft – also kwassi alles oll inklussief.

Un zwellf Euro fuffzisch, däs sin fast zwaa Euro übbäer'm Niedrischlohn un sadde vier Euro übber'm Mindestloohn! Un däs aach noch steuerfrei, gell. Ganz schee großzüüschisch die Verwandtschaft, muss mär saache. Dodevon konnt isch dann aach endlischemå mei übberfällische Stroomreschnung bezaahle hier, gell.

Abbäer däs hot misch ganz schee Schwitdzwassäer un Nerffe gekost', du. Heilischäer Schlabbekiggäer.

Die Sonn hot mir uff die Brezzel geschieene, däss mer fast däs Häernn ve'brannt is. Ei mir is die Brieh jo hinne bis zum Aarsch enunnäer gelaafe du.

Un während isch geschufft habb, hot mei Schwestdäer dann, wo se ferddisch war mit ihr'm mussikaalische Sporttwellnessprogramm, mim Biggini halbnaggisch am Schwimmingpuul geleesche un sisch vom Nachbarrn begaffe låsse – de geile Heggebogg.

Däs Aanzsischstde woss misch in deere Woch e bissi uffgemundäert hot, war die bolnisch Buddzfraa, die zwaa må in de Woch bei mei Schwestdäer kimmt.

Ei, isch war gråd die Tujjaheck am schneide - im Schwitzwassäer meines Aagesischtds, wie mär so schee säscht gell – un do seeh isch uff eimo die Brangka, so haaßt die Buddzfraa gell, wie se mer von drinne in de klimmadisiertde Wohnschdubb freundlisch zuwingke duud. Woss e Morddsweib du. Da kannstde däs Agnes dodegeesche abbäer in die Tonn klobbe. Un dann biggt se sisch, dässäer die Äbbel fast vornne rausporzzelle, un schdreggt mer aach noch de pralle Bäernnebobbes entgeesche. Do is mer abbäer's Messäer in de Dasch uffgesprungge du. Ei'sch bin ja midde Heggescheer fast riggwärtts von de Laadäer nunnäergefalle. So ähnlisch is dässem Keddesäässche-Eddgar dammols ergangge, wo er sisch uffgschlitdzt hot. Hoddäer so ne scharffe Braut hinnäerhergegafft un schonn war's bassiert. Nur aans von viele Baaschbiele dodefäer, däss Fraue die Männer unnäer die Erdd bringge.

Däs Aanzischstde, woss misch an de Brangka bissi schdört is die Behaarung an de Båå un unnäer de Acksele. Abbäer sonst e Aans A, däs Zuggäerschneggelsche. Guud, schiele duud se aach e bissi hinnäer de digge Hornnbrill un en leischde Übbäerbiss hot däs klaa Uffgeschdummbt aach. Abbäer'n Geraffel wie'n Gaul, wörd isch jetzz net saache. Un die Zeehenäschel waare aach vielleischt e klaa bissi lang geweese. Abbäer bei so'm übbische un sümmedrisch geformmtde Vorbbau sieeht mär übbäer so klaane Feinheide aachemol drübbäer hinweg. Außäerdemm hatt isch jo zwischedorsch aachema bissi Zeit un habb de Brangka in de Paus die Zeehenäschel midde Heggescheer bissi gekörzzt. Do hot se sisch gefreut.

Jeedenfalls habb isch im Gardde geschuftd' wie'n Ocks, däss isch mei Stroomreschnung bezaahle konnt.

Isch habb die Heck geschnidde, de Raase gemääht un wärddigudiert, de Fildäer vom Garddeteisch saubäer gemacht, die Garddelaub uffgeraamt un die Grillhütt neu geschdrische, Unkraat gerobbt un Pilsze gesammelt, de Karnniggel woss ze Fresse gegebbe un jeeeede Menge Fuffzischkillo-Bruchschdaa dorsch die Geeschend geschlebbt – ei fäer die Umrandung vom Garddeteisch, waaßtde.

Däs Schlimmstde war jo däs Raasemähe – nachmiddachs. Gefüühlde zwaadausendfünfhunnertd Kwadraatkillomeedäer Raasefläsch bei sechszisch Grad Hitz im Schadde. Un dann sin die Spaarbreedsche ze knauserisch, fäer sischemå'n gescheide Raasemähertrakdoor mit Sonneschutz ze kaafe du, wo mer sischemå schee druffflannze kann. Noch bessäer wär nadüürlisch en Raasemähäerroboddäer geweese. Abbäer unsäeraans kann sisch ja aanäer abmuggele, gelle. Es indressiert jo kaanäer, ob mei Båå geschwolle sin un mer die Fieß brenne. Abbäer wåss mäscht mär net alles fäer zwellf Euro fuffzisch die Schdund – neddo, steuerfrei! Un bevor se mer dehaam de Saftd abdreehe, robb isch mer må liebbäer e Woch lang de Bobbes uff. Außäerdeem braach isch in deere Zeit de Hausdrache net ze ertraache.

Wo isch dann nach aanäer Woch fix un ferddisch fäer die Subb war, säscht mei Schwestdäer, däss de Nachbaar, de Doktdäer Schnaggels oddäer wie de Plattkobb haaßt, aach e bissi Hilfe im Gardde bräuscht. Hot se mer erstdemå vierhunnerdsibbzisch Euro uff de Disch geknallt. Saach isch, acht Stund de Daach mal finf sin bei mir abbäer finfhunnerd Euro. Säscht se, jo se hätt die Pause noch abgezooche. Glaabst es?! Ei hätt die kniggisch Kuh dann neddemå uffrunde könne oddäer wass?

Abbäer so is däs. Leut, wo Schoddäer habbe kalguliere knallhart. Geld kimmt zu Geld, säscht mär.

De Deiwel scheißt halt ebbe immäer uff de größte Haufe obbedruff, gell.

Lektzjoon 7: De Sonndaach is de schäänstde Daach in de Woch

Friehäer simmäer jo bald jeeden Sonndaach wie an de Schnuur gezoochene Zinnsoldaade in die Käersch nei marschiert un hinnenaach schee braav zum Frühschobbe gedaggeltd. Also erst beede un fromme Liedäer singge un aaschließend bembelweis' de Äbbelwoi in die Bäern neiknalle.

Un däs Bestde war ja geweese, däss mär in de Käersch beim Awendmahl, woss am Sonndaachmoind aaschentdlisch Morschemahl hätt haaße misse, schonnema bissi vorglüühe konnt. Ei, weil de Jessus hot ja dammols däs Broot gebroche, un däs Wassäer hoddäer in Woi verwandeltd. Do fraacht mär sisch abbäer aach, warumm's beim Awendmahl in de Käersch neddemol e bissi Makreele oddäer so'n scheene Aal zum Frühschdügg gibbt. Oddäer Herring mit Gummäern, wär ja aachemol e Idee geweese. Dann hädde mer bissi mehr schlugge könne, ohne däss mer glaasch sternnhaaschelvoll uff'm Alldaar rumgeflooche sin.

Ei de Parrer hot allsema so wäerr Zeusch von A wie Abbogallüpps bis Z wie Zöllibaat gepreedischt, däss mär hätt glaabe känne, de Paff vornn uff de Kansell hot schonn de Moind e bissi ze dief in de Graalsbeschäer neig'uggt un sisch de Aarsch mit unsäerm guude Göddäertrobbe volllaafe losse. Däs Stöffsche knallt abbäer aachema so rischdisch, gell.

Däs waare noch Zeide. Do konnstde noch storzzbesoffe mim Fahrradd ohne Helm faahre. Dammols war ja aach noch net soo e Verkeehr wie heut uff de Gass.

Un wie sieht's heut sonndaachs aas? Heut schbaare sisch die Suffköbb deen umschdändlische Umweesch in die Dorffkabbell un pilgern direggt in die Sibbelschdubb nei oddäer uff de Zeil zum Schobbe.

Friehäer hot bei Schobbe jeeder an e Äbbelwoischobbe gedaacht oddäer halt ebbe an de heilische Frühschobbe nach'm Käerschgang. Heut verbinnne die meistde Leutd mit Schobbe die Trendschborttartt – ei Eikaafe, waaßtde.

Klaane Hinweis fäer Auswäerddische: Die Leutd schdeehe natdüürlisch net so frieh uff, nur fäer e Ei ze kaafe, gell. Naa, die wolle sisch die Dasche beim Schobbe rischdisch vollschdobbe. Un däs am Liebbstde aach am heilische Sonndaach. De Hammäer oddäer?

Guud, mansche Leutd geehe aach in die Käersch enei – un dadenach fremd. Un wenn net, dann ebbe in de Zwinggäerglubb mit laudäer dollerantde Perser. Wo isch däs es erstdema gehäärt habb, dacht isch, do lasse sisch die Leutd in de Kääfisch neischberre – wie innem Hundezwinggäer, waaßtde. Un dann bin isch ärschendwannema dodehinnäer gekomme, däss im Zwinggäerglubb so laudäer Päärschäer sisch vor annäern naggisch mache un däss nur die ganz hardde Saddomasso-Feddischistde sisch im Zwinggäer eisperre lasse un uff de Schdreggbank druff leesche – un däs aach noch freiwillisch! Also kwassi FKK mit fessele un Auspeitsche; nur halt ebbe ohne Strand. Woss mär im Tee-Vau soo alles lernnt. Soll nochema aanäer behaubde Fernseeh dääd blääd mache.

Jeedefalls sonndaachs eikaafe, däs hot's bei uns friehäer net g'ebbe.

Wie säscht de Ammi? Schobbing-Sanndäy, gelle? Ei, däs kimmt doch alles von deene do dribbe. Die habbe uns doch all aageschdeggt mit ihr'm härnnve'branntde Schobbingfiebäer.

Mansche die fliesche am Wocheend von Frankfott nübbäer in de Big Äbbel du. Abbäer net fäer sisch e Big Bembel Äbbelwoi nei ze kibbe. Naa, nix Schobbe klobbe un so weidäer gell. Die mache uff die ännäern Seit vom grooße Deisch, weil de Euro so deuäer un de Dollar so billisch is (oddäer war's umgekeehrt?). Un desdeweesche kannstde in Nu Jorgg subbäer Schnäppsche schlaache. Abbäer Schnäppsje tringke beim Bembel-Heinz um die Egg is mer liebbäer. Ei wass dann? Isch fliesch doch net extdra dadenübbäer, nur um mer e neu Bucks ze kaafe hieer. Sch'glaabs'geehtloos! Un dann musstde däer am Fluuchhaafe noch von soo'm lauwarmme Wärschtsche mit seine feddische Worschtgriffele zwische die Baa in de Schritt neikrabbsche losse un wäerst noch gerönscht bis uff die Unnäerbucks. Un wenn de die dobbeltd Arschkartt gezooche host, dann därffstde disch aach noch bigge. Also naa. Weesche baar neue Klamodde loss isch mer doch net de Bobbes entjungfäernn. Wo simmäer dann?!

Da laaf isch liebbäer baar Killomeetdäern in de Rhein-Main-Dauäer un jogg midde Tornnschlabbe zum Nu Jorggäer. Abbäer bidde doch um Himmels Wille net sonndaachs, ihr liebe Leutd un Kinnäer!

Sonndaach is de schäänstde Daach in de Woch. De einzischstde Daach, wo mär ma ausschloofe kann. Da geeh isch doch net in so'n gerabbeltd volle Konsummdemmbel nei. Do kibb isch mer e schee Äbbelwoi vom Bembel ins Geribbtde, flansch misch in de Fernseehsessel nei un gugg mer altde Folge vom Blaue Bogg mit Heinz Schenk aa. Ei wass dann? Da habb isch doch mehr dadevon!

Abbäer de unleidlische Dragonäer mäscht mer allsema'n Strisch dorsch die Reschnung un verdonnäert misch zum Garddeumgraabe, während die gnäädisch Madamm e Kaffäeekränzsche unnäerm Sonneschärmmsche midde Nachbarsweibsleutd mäscht, un dodebei mit deene Plastdiggfrischhaldeboxe von de Ammis dubbertd. Däs kaam aach glaab isch neulisch wieddäer im Fernseeh:

»Herzzlisch willkomme liebbe Zuschauäer, bei Dubbäern am Sonndach.«

Neddema sonndaachs vor'm Fernseeh blaabt mär von de ganzse Dubberei verschoohnt, du – loss mer mei Ruh.

Lektzjoon 8: De Bembel wäerdd solang an de Disch gedraache, bis die versoffen Äbbelwoischnuud uff de Disch brischt

Ohne sei'n Äbbelwoi is de Hesse nur'n halbe Mensch. Es geeht doch nix übbäer'n Ungeschbritzde im Geribbde. Un dodezu e schee Handkääs mit Mussigg oddäer'n Ribbsche mit Kraut – wunn-dää-baa. Wenn en Außäerhessische däs erstdema en Äbbelwoi sibbeltd, dann rolle sisch deem in de Reeschel die Zeehenääschel zesamme. Woss maanstde, woss isch misch geschiddeltd habb, wo isch mit secks Jahrn däs erstde ma haamlisch vom Väddäer sei'm geheilischde Äbbler genibbt habb, du. Liebbe Kinnäer, net zum Nachaahme empfoohle gell!

Ei de Vaddäer war grad uff'm Aabee aanäer abseile, un isch schleisch misch in die Woohnschdubb nei, wo de Bembel uff'm Disch geschdanne hot. Isch hot grad ebbe aagesetzt, do kimmt uff aamol mei Müddäer un brüllt mit histderrischäer Schdimm: »Frank!!! Nimm uff de Stell dei babbisch Schnuud aas'm Babba sei Äbbelwoibembel, du Aarschgeisch!!!«

Do gabb's erstdema Dräsch. Mim Holzkochlöffel uff de blangke Bobbes. Däs hot viellaascht gessenggelt, kann isch däer saache du.

Mir Hesse kibbe unsäern Natzjonaalgeträngk nei, wie annäern de Sanggria am Balläermann aus'm Aamäer. Ei im *Blaue Bogg*, in unsäern Stammkneip um die Egg, mäscht de Heinz un däs Uschi, am Wocheend immäer so Äbbelwoiparddies, wo de mit fuffzeh Mann de Äbbelwoi mim Strohhalm aus'm zwanzsisch Liddäer Bembelsche in die Keehl eisauchst.

Dademitd mär e rischdische Gruundlaach hot, gibbt's vorhäer immäer en scheene Handkääs oddäer leggere Schbitzbuuwe mit Speggsooß zum Fuddäern.

Abbäer däs nitzt halt ebbe aach nix, wenn de dir finf Liddäer Äbbelwoi in de Hals enei kibbe duust. De versoffenne Oddoo hot's eima dermaaße übbäertribbe, dässäer midde uff de Disch gereihäert hot. Da kaam däs Middachesse vom Vordaach noch mit naus du. Däs hot so e bissi aasgeseehe wie Fusslabbegemies mit Flööh. Vom Geruch her hätt's abbäer aach'n Spundekääs geweese sei känne – Eeeeschel ereeeschend, kann isch däer saache du. Abbäer die meistde Leutd waare sowwieso so besoffe geweese, dässe sisch nuär halb gabuddgelacht habbe dodedribbäer un eifach weidäer geschluggt habbe – die Äbbelwoilöschäern gell. So is däs.

Un dann reescht aasgereschend de Kampftringker-Oddo sisch übbäer unsäer'n Juuchend uff, weil se sisch beim Koomasaufe in de Dissgoo die letzde Häernnzelle fottschbüüle. Da muss isch ja gradema lache hier.

De Oddo gell – de alde Bembelbrennäer.

Lektzjoon 9: Nix mehr ze esse in Hesse. Oddäer warum mer bald all de Bach enunnäer gäehe un am Hungäerduuch naache

Kimmtde Käerllsche von so ne koomische Raidingagenduär… ei, ihr wisst schonn, woss isch maan. Däs is soo e Fäermma, die wo immäer die ganzse Eurobankrottländäer enunnäerschduwwe duun, bis die ka Kredidde mehr kriesche gell. Wie die armme Griesche, die uff alle Viere kriesche un vor sisch hieh siesche. Hieer däs reimt sisch soggaar – de Hammäer du.

Jäedenfalls geehe dann die Schdeuern nuff, un mir geehe nur noch dodefäer schaffe, damitd de Vaddäer Schdaat net dodaal de Bache enunnäer geeht un mir unsäern Schbritt un Stroom bezaahle känne. Fresse braache mer ja nix mehr, gell. Außäer Brootsubb viellaascht. (Rezebtd hinne im Aahang) Da kann dann de Raffaello sei Restdorongg sischäer aach bald discht mache. Wenn isch nuär draa dengk, kännt isch gråd verriggt werre un Rotz un Wassäer flenne.

Net auszedengke, wenn de guude Raffaello sei schee iddaljäänisch Feinschmeggäer-Restdorongg zumache misst.

Dann reiße se die Buud entweddäer kombledd ab oddäer's kimmt soo e thailändisch Wellness-Oas nei, wo gestresstde Männätschäern e baar haaße Schdaa uff de Buggel druff geleescht bekomme hier oddäer in Schoggelaad baade könne. Viellaascht mache se dodedraus abbäer aach so'n Schönnheitds-Bjudie-Sallongg. Do könne sisch dann die ganzse verschrummbelde Muddis un annäern Bickse, Boddox in die Wiesaasch nei schbritze låsse, de Bauchschbegg absaache, die Orangschehaut bissi schdraffe oddäer die Möbbs bis zum Platdze uffbumbe. Do könnt sisch mei Fraa dannemå von obbe bis unne runderneuäere låsse. Weil schlimmäer kann's ja sowwieso net mehr werre.

Viellaascht kimmt in deem Raffello sei'm Restdorongg, aachemå so'n verkommenne Sexschobb nei oddäer noch schlimmäer, so'n dreggische Saddomasso-Foltdäerschubbe, wo de wenn de do neikimmst, als erstdes so Sillikoon-Kuuchel in die Wiesaasch neigeklobbt bekimmst, däss de kei Luft mehr kriehs un ze gabbäern aafängs' – wie so'n Dolle, wo die Dollwuud hot. Un so e Domminna, die alls mit de Geullsgäert in de Geeschend rumfuchtdele duud, zieht däer de Bobbes blank un lederrt aam die Orangschehaut vom Pfäerssisch enunnäer. Oddäer mei ehemaalische Nachbarrinn, däs Roswidda gell, mäscht'n Zwinggäerglubb uff – mit Saunaa un all'm bibbapoo.

Abbäer es muss ja aach net so sei. Viellaascht kimmt aach en neue Griesche nei, wo mär schee gemiedlisch, gepfleescht un ganz endschbanntd esse geehe kann. Beim Dimidrios im Aggrobbolliss gibbt's dann soo leggäer Sache wie Sufflaggi mit Sazziggi.

Isch habb mischemå bissi schlau gemacht. Sufflaggi haaßt ja iwwäersetzt soviel wie *singende Schbieße*, gell. Häert sisch e bissi koomisch aa, abbäer woss willst'n mache?

Isch seeh's schonn vor mei'm geistdische Aache. Finf grieschische Annimadeurinne danze baamm esse naggisch uff'm Disch de Sirtaggi. Also kwassi Sufflaggi mit Mussigg.

Woss maanstde, woss de Laade brumme dääd du. Do wäerdd däs Gammelflaasch zwischedrinn går net grooßarddisch ufffalle.

Oddäer se singe Atheen uff wieddäerseehn oddäer Aggrobbolliss addjöö, von de Mirreeh Mattjöö oddäer grieschischäer Äbbelwoi vom Uddo Lindebersch… Mei Fraa guggt mer eebe gråd übbäer die Schuldäern drübbäer un maant, däs Lied wär net vom Lindebersch, sonnnäern vom Jörschens. Verschdeeh isch jetzz aach net. Isch dacht de Jörschen Dreffs wär de King von Mallogga. Is ja aachema Worscht.

Abbäer bevor isch noch vom Theema abdrifftd un die Korff net bekomm, mach isch må schee weidäer im Klaardext. Woss wolltd isch dann jetzz eischentdlisch nochemol…? Ei, wo issäer dann, de roode Faade?

Ei da issäer ja.

Also, bass uff. Isch wollt en klaane Witz verzäähle.

Kimmt so'n Labbeduddel von de Raidingaggendur de Morsche uff die Arbbeidd.

Frääscht'n sei Kolleesch: »Ei wass' dann mit dir loos? Du ziehs' jo heut wieddäer e Brutsch, wie draa Daach Börssekräsch. Is däer dei Rollex heut Moind beim schiffe in die Klooschissel neigeblummst oddäer is däer dei Eurobbapleidde-Speggulazzjuss-Hätschfong abgekaggt?«

Dodruff säscht de annäern: »Ei'sch'waaßes aach net. Isch bin eifach doodaal mies druff heut. Sch'abb aach schleschtd geschloofe die Nacht. Isch bin gråd e bissi übbäerforddäert. Mei Fraa hot geschnarkst wie e wild Wutz. Isch muss erstdemå bissi Frust abbaue un e paar EU-Lännäer nunnäerschduuwe.«

En normalle Hesse wörd jetzz erstdemå e schee Dass frisch uffgebriehtde Kaffee tringke un's in alläer herrgotts Ruh ganz gemiedlisch un entspannt aageehe låsse.

Un woss mäscht de Saftsäggel von de Raidingaggendur?

Nimmt sisch e Darttpfeil, geeht nübbäer zu sei Eurobbalandkartt, wo im Bürro an de Wand drahänggt, hält sisch mit de lingke Hand die Aache zu un wärfft deen Pfeil midde annäern Hand uff die Kartt druff.

Un korzz dådedruff schduuftd de verriggtde Hund Deutschland von Tribbel-A nunnäer uff Dobbel-D. Käerlle nåå, wosse Schand. Då bistde abbäer von de Sogge du.

Viellaascht sollt mär so koomische Firmme in *Raade-Aggendurn* umbenenne. Dann verschdeeht aach jeddäer endlischemå, wodemitd die Brüdäern ihrn Schoddäer mache.

Viellaascht bekimmt mär die Schloofschdörunge von deene bessäer dorsch getrenntde Bedde in de Griff?

Un wieddäer må sin die Weibsleut an allem Schuld gell. Die aane sin im Konsummdembel im doodaale Schobbing-Rausch, bis die Kreddittkartt glüht, die annäern schnarkse, däss mär am annäern Moind maant, die ganz Nacht wär Erddbeebe geweese…

Un dann sin die alls dådemitd draa, die Frauekwoode in Führungspossizjoone ze erhöhe. De einzischstde Vordeil dodebei wär, däss mär die Aal de ganze Daach net sieht. Un die krieht dann weesche deem ganzse Schdress Schlaafschdörunge un kann desdeweesche aach nimmäer schnaarsche, däs mär ka Aach zu bekomme duud. Es hot halt ebbe alles sei Vor- un Nachdeile, net?

Jedefalls, wemmäer so aane von de Raade-Aggendur må rein zuffällischerweise übbäer de Weesch laafe solltd, schdell isch dem Simbel må mei Liebblings-Scherzzfraach.

Saach isch zu em: »Hieeeer horschemå Bübbsche. Woss fliescht'n in de Luft un zieht e Zentnäer Braadgardoffelle hinnäer sisch her?«

Wäerdd äer wahrschaanlisch erstdemå blääd aus de Wäsch gugge un säscht nach korzzer Bedengkzeit vermuttlisch: »Ei'sch'waaßes net! Maanstde isch komm jetzz druff?«

Dann saach isch: »Hieer, isch helf däer må bissi uff die Schbrüngg. En Bongino!«

Un dann säscht de annäern: »Bongino?! Däs habb isch ja noch nie gehäert. Woss'n däs?«

Un dann saach isch: »Genau so'n Labbeduddel wie du!«

Woss maanstde, wie blääd de Schluurie gugge wördd, wenn isch so aanem må die Aarschkartt vor die Brezzel halde dääd. Wie e Röllsche Zwäern wörddäer aus sei betröbbeld Wiesaasch glubbsche, däs glaabstde abbäer du.

Abbäer däs kannstde ja heutzedaach net meehr bringe. Die ganzse Heulsuuse von heut, kannstde ja all an de Peiff raache. Wenn de deene Muffegängäern woss säschst, woss deene net in de Kraam neibasst, dann greife die gleisch zu ihräer gefäährlischstde Waffel. Dann nehmme die ihr Eifööhn Schmarttfoon un heule sisch erstdemå bei ihr'm Anwaltd aus, anschdaddemå e Geeschebeleidischung ze bringe oddäer må aanem ohne Vorrwarnnung aans uff die Banatzel ze klobbe.

Ei wie soll'n däs aach geehe? Wemmäer de ganzse Daach nur im Bürro sitdze duud un mit sei schmaale Blaaschdift-Flosse geschmeidisch de Datschskrien von sei'm Schmarttfoon streischele duud, wie soll mär dann mit so buddäerweische, mannikürdde Boohnegriffelschäer aanem må soo rischdisch aane vor die Gummäer zwibbele, däss die Brezzel kwallmt? Kannstde vergesse.

Frühäer jeedefalls habbe mer net lang gefaggeltd. Da hot's direggtd geschebbäertd im Garddong, un zack-bumm hot die halb Kneibb in Schutt un Asche gestanne. Däs waare noch Zeide, däs kann isch däer saache du.

Un wemmäer uns weidäer alles gefalle låsse von deene Bleschköbb da obbe, dann geehe mer bald all de Bach enunnäer. Da braachstde kei Brill dodefüär. Däs sieht doch'n Blinde mim Kriggstogg.

Die wäernn sisch all noch umgugge, däs kann isch däer saache, du.

Unsäern Boliddiggäern läernne ihr'n Lektzjoone aach noch.

Abbäer bevor isch misch uffreesch, isses mer liebbäer eegaal.

Lektzjoon 10: Erbarmme! Zu schbäät! Die Ammis komme

Hieeeeer, habbtdäer schonn gewusst, däss die Schieneese un die Ammis die gröößtde Umweltdverdreggäer sin, wo gibbt? Wisse mer, gell?

Woss die fäer'n Scheißdregg prodduziere då dribbe, däs geeht uff kei Kuhhaut. Ach woss saach isch. Däs geeht net uff alle Büffel- un Rinderheerde uff de ganze Weltd druff.

Es könnt mer ja im Prinzipp worschtegal sei. Isch wohn jo in Hesse – wosse Gligg du. Un solang sisch übbäer Hesse kei Ozoonloch am Himmel uffduud, soll misch de Klimaawandel net jugge oddäer?

Abbäer de absoluude Hammäer is ja, däss ausgereschend die Ammis unsäer'm Volkswaache an de Karre gefaahre sin. Guud, däs woss die Dreggsägg gemacht habbe is natdüürlisch unnäer alläer Sau, muss mär saache gell. Abbäer die Ammis mit ihre schweere Schlidde, wo fuffzisch Liddäer Spritt uff fünf Killomeeder fresse, sin ja aach net ganz saubäer!

Isch maan allsema im Fernseeh habbe se gesacht, wemmäer de Planeet noch redde wollde, dann misstde mer die USA zum Naduurschuttzgebiet erklääre, wenn isch däs rischdisch verstanne habb. Übbäerleesch däer dässemå. Die kombledde verunreinischde Schdaade von de USA mache mer zu nem zwaade Gallabbagoss – nur halt ebbe viel gröößäer.

Dadefäer misst mär abbäer Ammerigga als erstdesemå von de Ammis befreie.

Nur wie soll'n däs geehe? Mer könne ja net dreihunnerdmilljoone Ammis eifach uff de Moond schieße un dann die ganzse schdingkische Großstädd eifach mim große Härrykänn-Schdaubsaucher fottblaase oddäer wass?

Im Prinzipp könnt mär däs midde Ewwakuierung aach mit Schienaa mache gell. Bis nach Russland isses von de Schieneese aas geseehe jo jetzz aach net sooo weit entfernntd. Un de Schienees wandäert an sisch jo so'n'so ganz gernn, habb isch må gehäert.

Abbäer die Russe wördde sisch bedangke, wenn aane Milljardde schieneesische Flüschtdlinge uff eimo vor Russland schdeehe wördde hier. Uff de annäern Seit - genüüschend Platz wär jo vorhande gell. Weil Russland is ja schonn ziemlisch geräumisch muss mär saache.

Däs Proobleem is halt ebbe, däss in Schienaa dann die ganze Fabrigge, wo unsäern Händies un de ganze Plastdigg-Elektdromüll proddeziertd wäerdd, eigestampft un demm Erddboode gleisch gemacht werre misstde. Alles net so eifach gell.

Abbäer isch geeh ma stargg dadevonn aas, däss die meisde von de Ammis so'n'so bald freiwillisch schdiffde geehe un vor demm verrigtde Donneld Tramb do flüschde – die Bambelschnuud mit demm blondierde Dubbee, waaßte?

Schdell däer dässemå voär. Hunnäertdmilljoone Ammis breide sisch inwassjoonsarddisch bei uns aas. Zeerstd de Grieesche, dann de Beijäer un obbedruff noch de Ammi. Do falle so e baar fottgelaafene Flischtdlinge von Nordaffrigga oddäer ausem Orriejend, oddäer woss waaß isch wo se all herkomme, zwischedrinn doch går net mehr uff du.

Abbäer kei Pannikk, gell. Waahrschaanlisch verlaafe sisch die meistde von de Ammerikanäern sowwiesoo un maane die Oppäer in Siddney wär die alde Oppäer in Frankfortt oddäer's Kollesseum in Room. Oddäer däs indische Dadsch Mahall wär's Berlinnäer Reichsdaachsgebäude.

Un ohne Nawwi finne uns die Ammis sowwiesoo net! Ha! Abbäer heut hot ja jeedäer e Händie debei, un die ganzse Schmarttfoons sin mit Nawwigazzjoonssüssteem uffgerüsst'. Dann gibbt's viellaascht doch e Inwassjoon. Mit Inwassjoone kenne sisch die Ammis jo sowwieso guud aas – aach wenn's manschmå de Anschein hot, als hädde sisch mansche von de US-Soldaade verlaafe. Schonn e bissi koomisch, däss die immäer nur do uffdauche, wo's däs meistde Öl gibbt, gell. Äbbäer bessäer de Ammi sitdzt an de Ölkwell, als wie ärschendwelsche krimminelle Terrorbande un so weidäer gell.

Wahrschaanlisch hot jeedäer Ammi so e Erddöl-Wünschelruud schdandardmääßisch eigebaut oddäer soo e Erddöl-Äbb uff'm Eifööhn druff. Dann mache die um Middeleurobba sowwieso erstdemå'n grooße Booche hier, un die meistde ammerikannische Auswandäräer tummle sisch dann im nahe Ostde, wo se dann von de Tallibann un de Iris terrorrisiertd werre. Jesses nåå, wasse Schand! Däs könne mer unsäern Bluutdsbrüüdäern wärkklisch net aaduue. Immäerhin habbe se uns anno dutzemol von demm geistdesgestöörtde Östdreischäer mit demm Schdummelbärttsche befreit, gell.

Die Ammis sin schonn klasse Leut hier. Ei wass dann? Die könne doch aach nix dådefäer, däss bei deene då dribbe soo e Zucht herrschtd. Un mir sitdze jo sowwieso allminannäer zesamme im selwe Iwwäerwachungsboot drin un so weidäer, gell.

Nur de Rewollwä un die Schrottflint un däs ganzse Waffelassenaal misstde se halt bei de Grenzkontroll abgebbe oddäer am bestde glaasch ganzs dehaam losse. Abbäer däs dörfft jo ka Probleem sei.

Desweesche sollde mär all zesammehaltde un unsäern guude Freunde uff jeedefall mit hessischer Gastfreundlischkeit un offene Ärmschäer empfange, wenn se dann all ärschendwannemå iwwäer de grooße Deisch bei uns nübbäerschwabbe.

Uff de annäern Seit könnde die Ammis awwer aach nach Kannada nübbäer mache. Es liescht jo dirreggt nebbedraa, un es jo sowwieso sonstd kaanäer da.

Do fällt mer ebbe noche Witz ei...

Bass uff. Kimmt'n Ammi in Sachsehause in die Äbbelwoistubb nei, schläätscht sei Fremdwörddäerbuch uff un säscht: »Ei have Dorscht!«

Dodedruff stellt de Wärtt demm Ammi en Schobbe uff die Theesch un säscht: »En Äbbelwoi ewery Däy kieps the Dorscht äweeh!«

Lektzjoon 11: Esse un Tringke hält Körbber un Geist zesamme

Wenn de rischdisch schee woss gegesse un getrungke host un aach noch e bissi in Gesellschaftd bist un's woss ze lache gibbt, bissi Mussigg debei… däs is doch die best' Meddizzin geesche Kummäer, Frust un schleschtde Laune. Von dodeher dörffe mer'm Schosch fäerr sei dolle Feijern dangkbar sei, genauso wie'm Äbbelwoi-Heinz un de Bembel-Uschi; un net ze vergesse mei'm alde Kumbel, de Raffaello.

Es gibbt en ganzse Aarsch voll subbäer leggäere Schbeiselookaale un so weidäer; da kann isch net verschdeehe, werumm soo viel' Leutd wie die Besessene in de Fastfuud-Fressdembel pillgere. Ei wass dann? Habbe die dann heut all kei Zeitd mehr, fäer sischemå in alläer Gemüttdlischkaat in e guldiviertd Gastschdubb neizepflanzse unnemå e schee Dibbehaas mit Nuddele, Waldeggäer Krautschdäubsche oddäer e Bizza Maggeridda wegzebuddze?

Ei in deem ganzse Fastfuud-Scheißdreggkraam is doch nuär laudäer Mist drin. Bissi gepresst' Rindflaasch aus Fettpastde mit Knorbbele, Ammonjak, gluddamatthaldische Sooße, künstdlische Aroome un Geschmaggsve'schdärggäer. Feddische Bommes, hormoonbehandeltde Tschigge-Naggets mit Dioksien oddäer wie däs Zeusch haaßt. Un dann aach noch die ganze Zusatdzschdoffe, wo de ärllerggisch druff bist.

Da schdeehstde däer e halb Schdund in de Warddeschlang die Båå in de Bauch, bis de endlischemå an de Reih bist. Dann beschdellstde soo e völlisch übberdeuäert MäckMennü fäer umgereschend verzeeh D-Markk, middem zermatschde Mini-Börggäer, bei deem wo de aach noch die eeschelhaft Gummäer rauspuule musst, un deen de zesamme midde baar labbrische Bomm Fritz unnem halbe Liddäer von deere bräunlische Zuggäerwassäerbrieh, inne'halb von finf Minuude wie so'n Dier nunnerwörggst, als hätt's de drei Daach nix ze fresse bekomme oddäer nur Wassäer un trogge Knäggebrood.

Un dann wunnerstde disch, däss de immäernoch Hungäer wie'n Danzbär host, dir kotzübbel wärdd un sisch laudäer soo roode Flegge un Piggelschäer in de Wiesaasch ausbreide, däss die Naas lääft, de Gaume jugge duud un däs Bindegeweebe von de Aache gerööd' is. Da komme ei'm die Trääne gell.

Un wenn de ganz viel Pesch host, hot vorheer noch'n frustdrierde, schigganierde un unnäerbezaahlde Mitdarbbeiddäer, wo gråd ebbe noch dodemit beschäftdischt war de Kloo ze buddze, die Naas hochgezooche un kräftdisch in de Börggäer neigerotzt – eeeschelereeeschend

Un genau DÄS kann däer beim Raffaello nämlisch net bassiere! Weil übbäer de Raffaello låss ich nix komme, hier!

Un dann gibbt's jo aach noch so lusdische Junjortidde. So e Häbbie Miel fäer klaane Kinnäer is ja die reinstde Wundäerdutt, gelle. Nebbe extdreem gesunde Hamborggäern un Coolaa, gibbt's aach Plastdigschbiellzeusch mit debei, däs beschdimmt aach kaane giftdische Substdanze enthalde duud un in Schienaa von ärjeschndwelsche arme Wanderarbbeiddäern un Kinnäern zesammegefrimmelt wäerdd.

Neuerdings duud de old MäckDonneld soggar aach woss fäer die Bildung von unsäern Schbrösslinge un leescht bei jeedem Häbbie-Miel e klaa Kinnäerbüschelsche dodebei. Ei wass dann? Wenn die klaane Kaggäer sisch schonn ungesund ernäähre un ze leebenslänglische Fastfuud-Dschangkies erzooche werre solle, dann solle se sisch wenischstdens net noch dumm un dämlisch fresse. Es reischt doch völlisch wenn se fett wie'n Oddäer werre, gell. Do misse se net aach noch dodebei verblääde. Weil wenn de digg un gleischzeidisch aach noch doof bist, dann hostde abbäer die dobbelt Arschkartt gezooche hier.

Isch saach immäer zum Käwinn-Basskall »Liebbäer schlangk un schlau, wie fett un blääd.« Abbäer wenn isch häähle könnt zwische *kräftdisch un intdelligent* un *rabbeldäerr un blääd*, do du isch doch liebbäer esse, statt wie so'n knochische Hungäerhaache doodal verbläädet dorsch die Geeschend ze renne.

Dangke old MäckDonnels. Ihr seid wärkklisch innowaadief. Ihr kümmäert eusch net nuär um gesunde Ernährung un die Umweltd, sondäern aach um die Bildung von unsäern Ableeschäern. Däs' de Hammäer du.

Ei so e Häbbie-Miel förddäert die körbbäerlische un geistdische Entwigglung von de Kinnäern schonn im Säuschlingsaldäer. Dodefäer schdeehe mer mit unsäerm guude Naame, gelle?

Un isch Dilldabb habb alls gemaant e Junjordutt wörd alles enthaltde, woss die Dreikääsehochs benöödische, fäer digg un doof ze werre. So kammäer sisch irre.

Viellaascht abbäer schdeehe uff jeedäer MäckDonnels-Paggung eines Daaches soo lusdische Schbrüsch druff, wie uff de Ziggareddeschachdele.

Baaschbielswaaße: »De Verzeehr vonnem Hamborggäer kann Übbelkeit un Breschreiz ve'ursache« oddäer »De Verzeehr vom BigMäck kann zum annafillaggdische Schogg füühre un lebensbedroohlische allergoloochische Reaktzjoone auslööse« oddäer »Zu Rissigge un Nebbewärgunge wende Se sisch vertrauensvoll an de Bundesgesundheitsklabbustdäerministdäer oddäer fraache

Se eifach ärschend en ix-beliebische Ernährungsberaadäer«, gell.

Ei dann guude Abbo un prost Mahlzeit! Da geeh isch doch liebbäer beim Raffaello in die guude Bizzaschdubb oddäer låss mer die guude hessisch Kisch von de Agnes uff de Zung zergeehe un ess misch schlau, anschdatt dumm un dusselisch.

Woss die guude hessische Kisch betrifftd, giltd awwer nach wie vor die alde hessische Leebensweisheit: Liebbäer ze viel gegesse, wie ze weenisch getrungke.

So is däs gell!

Anhang A: Fremdwörddäerbuch fäer Außäerhessische un annäern Auswäerddische

Hessisch – Hochdeutsch

A

aababbele anreden
Aabee WC
Aabeemigg Toilettenfliege; derb: Scheißhausfliege
ääbsch beleidigt, sauer, schlecht gelaunt
Aach Auge; auch
Aachedeggel Augenlid
aadatsche anfassen
aafach einfach
Aagebot preisreduzierte Ware
Aagäebbäer / Aagebber Angeber
aal Flennäern Heulsuse
aaler Drache nervige Ehefrau oder Schwiegermutter
aam einem (Dativ); »Die Aal gönnt aam net däs Schwarzze unnäer de Fingäernääschel.«
Aamäer Eimer
Aaner druff låsse könne sich einer Sache ganz sicher sein
Aaner druff mache Feiern und Alkohol konsumieren bis zum Abwinken

Aanzichsder / Aanszischsdäer / Aansischsde einziger
Abbedeeg / Abbodeesch Apotheke
Abbelbutze / Abbelkrotz abgenagtes Kerngehäuse vom Apfel
Abbelkuche Apfelkuchen
Abbelsaft Apfelsaft
Äbbelweu / Äbbelwoi (Ebbelwoi) Apfelwein; »Äbbelwoi, Hals enoi!«
Abdräebbele abtropfen
Abbeid /Arbbeitt Arbeit
Abhassbele sich abhetzen; hastig und umständlich arbeiten
abjuggele abplagen; schwer schuften
abknäebbe wegnehmen
abkratdze / abnibbele derb für sterben
Ableescher / Ableeschäer abfällige Bezeichnung für Familiennachwuchs
abmorggse umbringen
abrobbe abreißen
abschmiern / abschmiere ausrutschen
achtdbasse aufpassen, achtgeben
Affezäggus Affenzirkus; unnütze Aufregung
ald Atzel alte Elster
allaans (elaans) allein
alle-ridd ständig
alleweil soeben, endlich
allminnannäer allesamt, alle miteinander
Allmoi Egoist, habgieriger Mensch
alls ständig, immerzu allsfort immerzu, ununterbrochen
allsemol (allsema) manchmal, ab und zu, gelegentlich, hin und wieder
Andiftsche Endivien
annäerschtd, annäerstd anders, auf andere Weise
Aarsch / Aasch Schimpfwort oder Bezeichnung für Hinterteil. Der Hesse spricht es sowohl kurz und knackig, als auch langgezogen aus (lang: »Gugg däer ma deen

Aarsch do dribbe aa.«; kurz: »Jetzz hoddäer abbäer die Aschkartt gezooche, de Bleschkobb.«)
ärschäerlisch ärgerlich
Aarschkartt gezeischt kriehje von anderen Personen als unsympathisch empfunden werden
Aarschkartt ziehe Pech haben
arsch arg, sehr
Aschebäschää Aschenbecher
ausbabbele (auch: ferddisch babbele): zu Ende sprechen
ausdogdäern auskundschaften
ausgugge auswählen

B

Båå Bein, Beine
Babb, Babbäer Kleber, Kleister
babbisch klebrig
Babba Vater, Papa
Babbedeggel Karton, Pappe; auch: Führerschein
Babbegei Pappagei; Nachschwätzer, einer der keine eigene Meinung hat
babbele sprechen
Babbelmaul Schwätzer
Babbelwassäer Alkohol; »Hostde heut wieddää Babbelwassäer gesoffe oddäer wass?«
Babbsagg unangenehmer, schmutziger Mann
babbsatt gesättigt bis zum Rand; randvoll satt
Babbschnuud unsauberes, ungepflegtes Kind
batdschnass / baddschnass / battschnass triefend nass
Bagaasch Gesindel
baldowäern auskundschaften
balläern schießen

Bambelschnuud Großmaul
Banatzel Gesicht
Bangert / Bangäert(d) Früher: uneheliches Kind, heute: Schimpfwort für frechen Jungen
Bääse-Buube-Daach Buß- und Bettag
Bäumsche kleiner Baum
bedebbäert verdutzt, verstört
bedaddtsche anfassen, angreifen
bedribbelt / bedribbeltd traurig, niedergeschlagen
bedubbe / bedubbse betrügen, übers Ohr hauen
beduud(d)ele sich betrinken
bei Hemmbels unnäerm Soffa Ausdruck für eine extrem unordentliche Wohnung oder totales Chaos (»Hier sieht's jo aas, schlimmäer wie bei Hemmbels unnäerm Soffa un wie bei de Hodde Todde zesamme!«)
belebbäern betrinken
beleidischtd Läebberworscht/Lewwerworscht empfindlicher Mensch
beluurn, beluure, belubbäern beobachten, belauern, überlisten, erwischen; auch manchmal: über's Ohr hauen, betrügen
besaafe / besaufe betrinken
B(ä)ennel Schnur, Band, Riemen
Bäerjemaasdäer / Börschemeistdäer Bürgermeister
Bäernn Schädel, Kopf; Birne
Bembel Apfelweinkrug
Beschissäer Betrüger
Bibbel / Bibbes /Bibbesje (Bimbes, Bimbam) Ausdruck für männliches Geschlechtsteil
Bibbäerhannes Ängstlicher Zeitgenosse oder jemand, dem ständig kalt ist
Bibbs Erkrankung, Bewegung (»Der hot de Bibbs« – Er ist krank; »Die gibbt kaan Bibbs von sisch.« – Sie ist mucksmäuschen still)
Bischbäerräer (auch: **Haamlischduhäer)** Geheimniskrämer, Flüsterer, heimlichtuer

billisch preiswert, günstig
bissje / bisssche / bissi bisschen
Blamaasch Blamage, peinlische Angelegenheit
blärrnn / bläerre schreien, flennen, heulen
Bleschkobb uneinsichtiger Mensch
Bläädhammel, Bläädian, Bläädkobb Depp, Blödmann, Vollidiot
bleiäern Ent Nichtschwimmer
Blesch räedde Dumm schwätzen, Unsinn reden
blesche zahlen, bezahlen
Blindgängäer Feuerwerksrakete, auch Bezeichnung für einen Misserfolg
blotze / bloddze / blozze (stark) rauchen, qualmen
Blummedibbe, Blummeschäerbb Blumentopf
Blümmelschäer kleiner Blumenstrauß
Blunnäer (auch: **Plunnäer)** Plunder
Bluudworscht Blutwurst
Bobbekisch Puppenküche
Bobbelsche Kleines Kind
Bobbes(je) / Bobbo / Bobbes Hintern, Gesäß
Boddem Dachboden
Bohnesimbel großer Kerl, der genauso blöd, wie er lang ist.
Bohnestang sehr dünner Mensch, dürres Mädchen
bolläern poltern, lärmen
Bomboo Bonbon
Bommelsche kleine Kugel
Borsch Burg oder Bursche
Borschtde widerspänstiges (borstiges) Haar
Bosse mache Dummheiten begehen
Bräädsche / Breedschäer Brötchen, Semmel
Brabbes, Brammbes, Brabbsch breiige Speise, dicke Suppe; Morast, Schlamm, Matsch
Brass Zorn
Brädullje Verlegenheit, Schwierigkeit
brabbelle vor sich hinbrummeln, nörgeln, leise schimpfen

Brezzelbuud / Bräezzelbuud / Brezzelschubbe mobiler Verkaufsstand für Laugengebäck
Brezzel / Bräezzel Laugengebäck oder Bezeichnung für Kopf/Gesicht (»Glaasch gibbt's Gemätdzel un aans uff die Brezzel.«)
Brieh Brühe
Briehhingkel brütende Henne; Stubenhocker
Briehpump Vieltrinker
broddse, brotdze beleidigt sein, schmollen, maulen
brutzzele / bruddzele braten, kochen
Brüggelsche kleine Brücke
brumm(e)lisch mürrisch
Brunnebuddzer jemand, der niedere Arbeiten verrichtet; scherzhafte Bezeichnung für einen Wasserversorgungstechniker oder Klemptner (»Gas, Wasser, Scheiße«)
brunse, brunzse urinieren; bezahlen
Brunzsäer jemand, der in die Gegend pullert.
Brutsch / Bruddsch Schmollmund
Buggel (krummer) Rücken
Bummberei Straßen-Rauferei
Bummbesje Flatulenz, Blähung, kleiner Furz
bundisch farbig, bunt
büschelle / büschele (bischele) bügeln
Butzdeiwel / Buddzdeiwel *Putzteufel*, Reinigkeitsfanatiker(in)
butdzeweis bündelweise
Buddzlumbe / Buzzlabbe Putzlappen
buzze / butzze / buddze säubern, sauber machen

C

Christkindsche Bezeichnung für einen naiven, blauäugigen Menschen

D

Daab taub; schwer von Begriff
Daach Tag
Daal Teil
Dabbe Fußspuren, -abdrücke
dabbe gehen, laufen »Wo dabbschd'n hieh?«; anfassen
Dabbes Tollpatsch
dabbisch ungeschickt, plump, ungeschickt
Dabeed Tapete
Dachkenn(d)el Regenrinne
dadebei / dodebei dabei, währenddessen (»Die aal Schnabbsdrossel hodde Äbbelwoi gesoffe wie Wassäer un sisch dodebei am Bobbes gekratzt.«)
dadefo / dobefo / dadevonn / dodevonn davon
dadegeesche / dodegeesche / dadegäsche / da dodegäsche dagegen
dademitd / dodemitd damit
Dannegiggel Tannenzapfen
däs Mensch im Hessischen der allgemein abwertende Begriff für *Frau*; Frauenzimmer
Dascheduch Taschentuch
de Bäerdell hiehschmeisse aufgeben
de Buggel gewäsche kriehje jemanden unterlegen sein
de Buggel nunnäerrutdsche jemanden gleichgültig sein
de Haase gäebbe wegwerfen

Debbisch Teppich
Debbischklobbäer Teppischkloppfer
Deeskobb / Dööskobb Begriffsstutziger, unaufmerksamer Mensch; Penner, Schnarchnase
Deetz / Däätz Kopf
degeesche / dodegeesche dagegen
dehinnäer / dodehinner dahinter
Deiwel Teufel
Den(ä)eww(ä)er daneben
Debb / Debbsche Trottel, Depp, Idiot, armseliger, intelligenzschwacher Mensch
Däerrabbel magere Person, meist männliche Person mit Untergewicht
desdeweesche deswegen, deshalb
dewäedderdozze / dodewedderdoddze gegen etwas stoßen (»Do issäer mit sei'm dolle Wäersching awwäer ganz schee dodewäeddäergedozzt, du.«)
Dibbe Topf
Dibbeguggäer Jemand, der aus Neugierde (heimlich) den Kochtopf abnimmt, um zu gucken, was es zu essen gibbt, bevor es fertig ist.
Dibbemess Frankfurter Volksfest
Dilldabb Tollpatsch
disbediern meist lautstark und emotional diskutieren
Dischblatt Tischplatte
Dischduch Tischdecke
Dobb Topf
dobbeltd Aarschkartt ziehe großes Pech haben
dodedorsch / dadedorsch dadurch
dodefeer / dodefäer / da dodefüar dafür
dodemitd damit
dodezwische dazwischen
dodruffhieh daraufhin
dodrum / dodedrum deshalb
dohingeesche / dohingäsche dahingegen

Dollbohräer einer, der nur Unfug und Blödsinn im Kopf hat; umständlich handelnde Person
Dorffzeiddungg, Daachebläddsche »Dorfzeitung« oder »Tageblatt« als Bezeichnung für die Mutter aller Tratschtanten.
dormellisch schwindelig, auch: klein, unansehnlich
Dorschtd Durst
Dorschenannäer Unordnung, Durcheeinander
Dorschmarsch Durchfall
dotze låsse / uffdozze låsse fallen lassen, aufprallen lassen
Dozzbällsche / Doddzbällsche Springball
Drahnfunsel / Draafunszel (Traafunzsel) schlechte Beleuchtung; langweilige, einfältige Person
Dräebbschäer / Drebbscher Treppe, Stufen; auch: Tropfen
Dreggs-Bangert Steigerung von Bangert (Bangäert)
Dreggwatz schmutzige Person
dribbdebach andere Flußseite
dribbe / driwwe (drübbe) drüben
Driggeberjäer / Driggebärschäer Drückeberger
drübbäergebreddäert über etwas hinwegfahern
druff darüber, drauf
Druff un dewäeddäer! An die Arbeit!
druffgehaa / druffgehaache auf etwas geschlagen haben
Dubbe Farbklecks, Punkt; leichter Dachschaden;
Dudd / Dutt Tüte (»Däs Weibbstügg is narrisch wie e Dudd voll Migge.«; »Der gibbt aa, wie e Dudd voll Mügge.«)
Duddebabbäer Tütenkleber
Duhsel Glück, Trunkenheit
Dummbabbläer Dummschwätzer
dungke eintauchen, tunken

E

e bissi / ebissi ein bisschen
e Gesischtd wie's Leide Christi wehleidiges Gesicht
e Radd abhabbe ein intellektuelles Defizit aufweisen
Ebbelklaue (Äbbelklaue) Äpfel stehlen
Ebbelwoi / Äbbelwoi Apfelwein
Ebbelwoischnuud / Äbbelwoischnuud dem Apfelwein zugetaner Zeitgenosse
ebbes etwas
eebe / eewe jetzt, gerade (»Eebe habb ich's.«)
Eigeplaggtde (**Oigeplaggtdäer**) Fremder, der in Hessen heimisch geworden ist
eiloche inhaftieren, ins Gefängnis stecken, einsperren
eisäggele einheimsen, kassieren
elaans allein
emol ein Mal
enannäer einander
enei / eninn / enoi hinein
eninnzuus nach innen; hinein
eniwwer / enübbäer hinüber
enuff / enuffzuus hinauf
Erbsezähläer sparsame Person; kleinlich
Erinn / eroi herein
Errmache (äerrmache) verwirren (Irr machen)
erumfuhrwergge planlos hantieren
eewe eben, jetzt
eewedrum aus diesem Grund
eweggbuzze alles aufessen
eweil einstweilen
ewingk ein wenig

F

faasele fantasieren, wirr reden
Fatzke eingebildeter Vornehmtuer bzw. Schönling
F(ä)erzz Unsinn, Scherz, etwas Unnötiges (»Däs sinn doch Ferzz mit Krigge.«)
fäermlisch förmlich, geradezu
fäerschdäerlisch (förschderlisch) fürchterlich
F(ä)erzz im Kobb Träumereien, Spinnereien (Fürze im Kopf)
F(ä)erzz mit Krigge abwertende Meinung über ein gewagtes Unternehmen, das utopisch oder zu gewagt oder ehrgeizig erscheint.
fäerzeh vierzehn
fäerzisch vierzig
Fingäer(n) im Gesicht spüre unangenehme Begegnung mit einer Faust im Gesicht
Fix un ferddisch erledigt, kaputt, erschöpft sein
Flaasch Fleisch
Flaaschworscht Fleischwurst
flenne weinen, heulen
Fliddsche / Fliddschje leichtes Mädchen
Fliescher / Flieschäer Flugzeug
Flogge Geld
Flodde / flodde Oddo Durchfall
floggisch locker
floddäer Feeschäer / en flodde Fäschäer hübsches Mädchen, das sich herumtreibt
Flunsch beleidigtes Gesicht ziehen (»Käerlle na. Zieh doch net so e Flunsch an dei'm Geboddsdaach.«)
Flutsche / fluddsche rutschen, schliddern, gleiten
fottgelaafe Weggegangen
Forzzkist derb für Gesäß/Hintern; manchmal wird auch ein klappriges Auto so bezeichnet.

Fraa Frau
Fraggduur räedde Fraktur reden; unmißverständlich seinen Standpunkt darlegen (»Loss unsema net ums haaße Dibbe erum babbele. Räedde mer ma Fraggduur.«)
Fratze mache jemanden nachäffen
Fratzebuch Facebook (auch: »Gesischtsbock«)
Frätzje ungewöhnliches anmutendes Kindergesicht
Fressaasch Esswaren, Fressalien
Frierkatz frierender Mensch
fuddele ungenau arbeiten
fuffzeh fünfzehn
fuffzisch fünfzig
fuggse sich ärgern
Fuldäer Primitivling; jemand der sich rüpelhaft und unkultiviert benimmt
Funsel / Funzsel schwache Beleuchtung
Fäer'n Knobb un en Kliggäer günstig abzugeben
fusselisch fusselig (»Isch räedd mer doch es Maul net fusselisch.«)
Fusslabbegemies mit Flöh Weißkraut mit Kümmel

G

gaagelisch wackelig, schwankend
gaaläern scherzend herumalbern oder herumbalgen
Gaaß Geiß
Gaawäer / Gabbäer Speichel
gaawäern / gaabbäern sabbern
Gaawerlätzje Sabberlätzchen/Latz für's Kleinkind
Gabuff kleiner, enger Raum mit wenig Platz und Bewegungsfreiheit
Gardde Garten

Garddehäusje / Garddehäussche Gartenlaube
Ganzmache reparieren
gaschdisch / gåschdisch / garsdisch unfreundlich, böse, garstig
Gaul Pferd
Gäulsflaasch Pferdefleisch
gauze bellen, stark husten
Gawwel / Gabbel Gabel
Gebabbel Gespräch, (unnötiges) Gerede, Geschwätz
gebongt Signal der Einverständnis
Geborttsdaach jährliches Wiegenfest
Gedäeens Gehabe, Aufwand
Gedruwwel Gedränge
Geduudel / Geduddel eintönige Musik
Geele Riebe Karotten
geescheriwwäer / geeschenübbäer gegenüber
Gefrozzel Gerede; necken (»frozzele«)
Gegrein Geheule
Geeh fott! drückt Zweifel oder Entrüstung aus
Gehobbt wie gedobbt / gehebbt wie gespronge / gehaache wie gestoche das ist alles das Gleiche
Gejuggel / Gezuggel langsames, wackliges Fortbewegen
gekenntd gekannt (»Naa, die Fraa Hesselbach aus Sachsehause habb isch nimmäer gekenntd.«)
Geknoddel undurchschaubares Geknäule
gelaafe gelaufen, vorbei sein
Gelaggmeijäertde Übervorteilte, Angeschmierte
Geläerrsch Kram, Gerümpel (Gelumms, Klummbattsch Kräembbel, Gerimbel)
Gell / gelle? nicht wahr? (Jetzz guggstde blääd, gell?«)
Gemies Gemüse
Gemoje! / Gemorsche / Guude Morsche Guten Morgen!
Genacht! Gute Nacht!
genungk genug
Gebläerr / Gebläerrzze Lärm, Geschrei, Gekreische
gerabbelt voll / gerammeltd voll sehr voll

Geribbde Apfelweinglas
gestobbde überfüllt
Geschäerr Geschirr; Unsinn (»Babbel net so'n doll Geschäerr!«)
Geschnärkksel / Geschnärggsel Verzierung, Schnörkel
Gesoggs Lumpenpack
Gespritzte / Gespritztde Apfelwein mit Mineralwasser gemischt
Geuschelknäebbsche Kehlkopf
Geworschtdel Unordnung, Wirrwarr
Giggel Hahn
Giftniggel ungenießbarer Mensch
Giftschissäer zänkische Person
Giftzeddel Schulzeugnis
giggele herumalbern, kichern
Goggel (Trut)Hahn; Suchmaschine Google (»Guggel«)
goldisch niedlisch, nett, hübsch, süß
Gorgge Gurken
Gräädediersche kleiner Fisch (Grätentierchen)
grie grün
Grie Sooß Grüne Soße (hessische Spezialität; *Frankfodder Grie Sooß*)
Griffel / Griwwel(e) leicht abwertende Bezeichnung für die Finger bzw. Hände. (»Behaltd dei feddisch Worschtgriffel ma schee bei dir, du alde Babbsagg!«)
gritzegrau Steigerung von grau
Grobbe großer Topf, Bräter
Groschepetzäer sehr sparsamer Mensch, Geizling
Großduhäer Großkotz, Angeber
gugge schauen, hinschauen (»Ei gugge ma do. Däs is abbäer schee.«)
guggele Im Internet surfen
Guggelschäer Augen
Gummäer Gurke; auch Bezeichnung für eine große Nase
Gusch / Gosch abfällig für Mund, Maul (»Haltd dei Gusch, du eläendäer Halungk.«)

guud druff Stimmungshoch
Guude Abbo! Guten Appetit!
Guude, wie? Guten Tag, wie geht's? (»Ei guude, wie? Mir habbe uns jo eewisch net geseehe.«)
Guutsje Bonbon
Guutsje, babbisch ekelhaft klebriges Bonbon

H

Hä? Wie bitte?
haache hauen
haamlisch heimlich
haamzuus heimwärts, in Richtung nachhause
Haanebambel (Hannebambel) gutmütig einfältiger Mensch
Haasegeschbrääsch sinnloser Small-Talk
Haggelsche / Haggelschäer Zähnchen
halb Hingkel halbes Huhn
Hambel Hesse, der unter der Fuchtel seiner Gemahlin steht, Pantoffelheld
hammäerhartt sehr gut
Handkääs Magermilchkäse
Hannebambel Nichtsnutz, Kasper
hannele handeln
Hansdabbes Tollpatsch
Häppsche / Häbbsche Zwischenmahlzeit
Hätdschelbiebsche / Hätschelbübbsche Muttersöhnchen
Häusje Hütte, kleines Haus
hawwe / habbe besitzen
Heggeschissäer Angsthase
heiäern / heijäern heiraten (»Will euern Labbeduddel net emo bald heiäern?«)

Heija Bett
häerrndaab schwer von Begriff/Verstand (hirntaub)
Häerrndeggel Schädel
Häerrsch Hirsch
hibbe / hübbe springen (»Do kännt isch gråd aus de Bucks hibbe.«)
hibbelisch unruhig
Hinkel / Hingkel Huhn
daab Hinkel / dabbisch Hingkel tollpatschige Frau
Hinnedruffhängäer das fünfte Rad, unliebsames Anhängsel
hinnenach hinterher
hinnäerfotzisch hinterhältige Person
Hitzegiggel leicht erregbare Person
hobbele springen
hogge sitzen
Hooseträäschäer Hosenträger
Hooseschissäer Feigling, Angsthase (auch: »Buckseschisser«, »Ängstschissäer«)
Hoppela / Hobbela Ausruf der Verwunderung
horsche ma / horsche mol bitte um Aufmerksamkeit, hör mal zu (»Hier horsche Se må. Wääre se må bidde so freundlisch uff mei'n Koffäer uffzebasse? Isch muss ma gråd uff de Aabee.«)
Hubbel kleiner Hügel, Erhöhung
Huch, hajeeh, nao! erschreckter Ausruf
Huddel Ein Durcheinander, Chaos, Murks, Ergebnis einer vermurksten (»verhunsde«) Arbeit.
huddele oberflächlich arbeiten, meist unter Zeitdruck
Huddläer Pfuscher
Hugg(e) vollhaache verhauen
hunne hier unten
hurddisch / horddisch schnell, eilig
Hustdeguudsje Hustenbonbon

I

in die Hufe komme sich beeilen
in Wallung komme aufgeregt sein
iwwer / üwwer / übbäer über
iwwerisch / übberisch übrig

J

Jammäerlabbe jammernder Schwächling
Jesses naa! erschreckter Ausruf, Ausruf der Verwunderung
Jobbelsche Jacke, Strickjacke
juggele / sich (aanäer) abjuggele hin und her schaukeln; sich abmühen
Jux/Jucks un Dollerei Spass

K

Kabbesbabbeler / Kabbesbabbläer Lügner; jemand der keine Ahnung hat und Unsinn redet
kaafe kaufen
kaan Mucksäer mache / kaan Muggsäer von sisch gebbe kein Laut von sich geben
kaaner niemand

kabbele sich streiten
Kabeusje / Kabuff kleiner, enger Raum mit wenig Platz und eingeschränkter Bewegungsfreiheit
Kaff kleines Dorf
Käerrsch Kirche
Käerrschhoff Friedhof
Keeschele / käeeschele kegeln
Käerllsche Mann, kleiner Mann
Käerrnsche kleiner Wagen, Karren
Kessefligger Gas- und Wasserinstallateur, Heizungsbauer
Kietze dicker Bauch
Kinnäer Kinder (»Ihr liewe Leud un Kinnäer.«)
Kinners eine Gruppe von Leuten, jedoch nicht unbedingt Kinder
Kinnerschees Kinderwagen
Kischedisch-Dischdischer / Kischedisch-Dischdischäern Küchentisch-Tischtücher
Kischeschäerzz / Kiddelschörzz Küchenschürze / Kittelschürze
klaa Knoddel kleine, zierlische Person, die man gern hat und am liebsten knuddeln möchte
klaa Knoddelsche Verniedlichung von »klaa Knoddel«
klaa (Laus)Krott kleines Mädchen (Kosename)
klaaner Krotze kleiner Junge
klaane Schissäer / klannäer Schissäer kleines Kind oder Angsthase (nicht böse gemeint)
klaaschnibbele klein schneiden
klebbäern / klebbern eine Flüssigkeit (meist mit dem Schneebesen) schlagen
klemme stehlen
Kliggäer(n) Murmeln
Kliggäerwassäer Mineralwasser
Kloobäerschtd Klobürste, Toilettenbürste
Kloowe / Kloobische schwerfälliger, plumber Mensch (meist ungeschickt und tollpatschig)
Knaatdsch Matsch; Streitigkeit

Knaddäerbiggs Schlafmütze (Schlafbüchse); manchmal auch Bezeichnung für eine nymphoman veranlagte Frau.
Knärrnnsche Beule
Knäulkobb Dickschädel
Knäebb Knöpfe (»Do fliesche mer glatt die Knäebb vom Hemd.«)
knäebbe knöpfen
Kneip Wirtshaus, Gaststätte, Schenke
Kneippjche / Knippjche kleines Küchenmesser
Kn(ä)errzje Endstück vom Brot
Knillsch Knülch; unliebsamer, zu kurz geratener, kleinwüchsiger (Gift)Zwerg
Knoddeläer Tüftler
Knodderbiggs / Knodderer jemand, der den ganzen Tag nur meckert und murrt; ständig Maulender; nörgelige Person
knorzze eine Tätigkeit schlecht ausführen
Knorzäer ein ungenau arbeitender Mensch (auch »Fuddler« oder »Huddler«)
Knutschäer Küsschen
Koldäer Wolldecke
Kopp / Kobb Kopf
Korzze Schnäpschen
kotzze sich übergeben
Kraaneberjäer / Kraaneberscher scherzhaft für Leitungswasser (»… Kraanebäerschäer Naduurkwell, frisch aus de Leidung.«)
Kraanewassäer Leitungswasser
Kräbbel / Kräppel / Krebbelsche(r) Schmalzgebäck (Berliner, Krapfen)
Krakeeler / Kraggeeläer lauter, polternder Hausbewohner, Unruhestifter
Krawallschachtdel streitsüchtige (Ehe)Frau
Kreische schreien
kriehje bekommen
Krischer laut heulender Schreihals

kritzele malen, zeichnen
Krollekobb unzufriedener Mensch
Krott Kröte
Krotz(e) Kerngehäuse von Apfel und Birne; auch Kehle, Hals
Krumbeern / Krumbeere Kartoffeln
krumbbelisch zerknäult, zerknittert
Kruschelschublaad scherzhaft für Küchenschublade mit vielerlei Inhalt und buntem Durcheinander
Kuhkaff sehr kleines Dorf, in dem jeder jeden kennt und über jeden bescheid weiß. Mit vielen landwirtschaftlichen Betrieben – insbesondere Rinder- und Viehzucht.
Kusseng / Kussäng Vetter, Cousin

L

Laadäer Leiter
Lattdäernn Laterne (»De Hannebambel hot doch aanäer an de Lattdäernn.«)
laafe laufen
Laaferei Lauferei, Laufen (»Die ganz Laaferei geeht mer ganz schee uff die Knoche.«)
Labbe Tuch, Lappen; flapsige Bezeichnung für Führerschein
Labbeduddel energieloser, schlaffer, lustloser Mensch
labbeduddelisch schlaff, lasch, lustlos (»De Schosch spielt die Kwetschkommod heut abbäer wieddäer labbeduddelisch.«)
labäern schwätzen, reden
laahmaarschisch extrem langsam (»De Käerll is so laahmaarschisch, deem kannstde im Geehe die Schuh besohle du.«)

Lammedieräer nörgeliger Jammerlappen
Latwäersch Pflaumenmus
latzze zahlen, etwas bezahlen
lauschbern lauschen
Lebbe geeht weider Kopf hoch, das wird schon wieder!
lebbäern trinken
lebbsch sehr schwach gewürzt (»Däs Schilli vom Arne is abbäer heut wieddäer lebbsch.«)
Lewwerwerschtsche / Läebberwärschtsche beleidigte Person
Lieschebeudel / Lüschebeudel Lügner (»Woss'n Lieschebeudel. Do biesche sisch ja die Balgge im Gebelgg.«)
lingke Bazill(e) hinterhältiger Mensch
Lulatsch / Lullatsch großer (schlacksiger) Mann
Lumbesäggel hinterhältige Person, Lump, Halunke
lunse heimlich gucken
Lusche Niete
Luschekobb / Luschedeggel Schwachkopf

M

Maa Main
Maabootsche übergroße Schuhe (Mainboote)
Maabrigg Mainbrücke
Maache Magen (»Die scharff Peffäersooß schlääscht mer uff de Maache.«)
Maamauerbaabambeller / Maamauäerbaabambelläer jemand, der auf einer Mauer am Main sitzt und die Beine baumeln lässt (Mainmauerbeinebaumler)
Maane ein rundes, ovales oder eckiges Weidengeflecht, das im Gegensatz zum Korb breiter als hoch ist.

maan(e) meinen (»Isch maan's ja nur guud.«)
maanese? / maane Se? Meinen Sie..?
mach disch enei! Komm rein!
Magge verschrobener Einfall , sonderbares Benehmen
Maddekuche Käsekuchen, Quarkkuchen
mantsche mischen, mengen (»Woss so mansche pantsche un sisch zesammemantsche, däs is mer manschmol unbegreiflisch.«)
Massel Glück
Matze zähe, weiße Flüssigkeit in den Augenwinkeln
Matzelaache verklebte Augen
mauschele unredlich handeln
Meedsche, Meedscher / Mäjdsche, Mäjdschäer Mädchen
mer Wir (»Mer wolle die Käersch dochemol im Dorff låsse.«)
mär waaßes net keine Ahnung, vielleicht, kann sein, man weiß es nicht
mäscht mär net macht man nicht
meschugge verdreht im Kopf
Migg Fliege
Miggeschiss eine unwichtige Kleinigkeit
mied müde
Mienz Katze
minannäer miteinander
Mistkaut Jauchegrube
mobbelisch dick
Mobbelsche Person mit Übergewicht
morje, morsche morgen
mojenns morgens
Mojn (der) / Moin / Moind Morgen; Guten Morgen
Mooomendemol! Mooooment!
mobbse heimlich entwenden
mordds riesig, groß (»Isch habb e Morddshungäer, du.«)
Motzkobb unzufrieden Person
Muffegängäer Angsthase, Feigling

Muffel, aaläer wird auch bei schönstem Sonnenschein und strahlend blauem Himmel keine gute Laune haben
muffelisch schlecht gelaunt
Muffkobb eingeschnappte bzw. schlecht gelaunte Person

N

Naa Nein
Naachel Nagel
nachenannäer nacheinander
Nachtkabb einfältige Person
naggisch unbekleidet, nackt
Narrekobb Idiot
narrisch werdde/werre sich wie verrückt freuen
Nawwel / Nabbel Nabel
Nawwelfiggäer / Nabbelfiggäer introvertierter Mensch, der nur mit sich selbst beschäftigt ist
näemmäer / nimmäer nicht mehr, nie mehr (»Isch habb's vergesse. Isch waaßes nimmäer.«)
nehmme nehmen
net nicht
newwenannäer / näebbenannäer nebeneinander
newwenausgeehn / nebbenausgeehe fremdgehen
newohr! nicht wahr!
newwelisch neblig
Niggeloos / Niggeläusje / Niggelaas Nikolaus
Niggersche mache sich kurz hinlegen zum Schlafen
noochet nachher
nuff rauf
nuffzuus aufwärts

O

oane heewe / oanäer heebe einen heben, ein Gläschen (alkoholisches) trinken
Oobacht! / Obbachtd Vorsicht!
obbe oben
Olwel tollpatschiger oder einfältiger Mensch
Oos Luder
Owachtbasse / Obbachtgebbe aufpassen (»Uffbasse!«)
Owwäermotz / Obbäermotz Möchte-gern-Boss (»Ei gugge mo do. Do kimmtde Obbäermotz vom Dienst.«)

P

Päggelsche kleines Paket
Paddele rudern
Palmegardde / Balmegadde botanische Anlage in Frankfurt
Pedder Pate
Peifekobb Schiedsrichter
Peiffedeggel! Denkste! Das war wohl nichts!
P(ä)ersching Pfirsich
petze zwicken, kneifen; »Schobbe petze« (Apfelwein trinken)
Pidsch Pfütze
Pidschedapper springt von einem Fettnapf zum nächsten
Pilledreher Apotheker
Pimpernellsche unbeliebte, weibliche Person
Pinsje ein sich ständig beklagender Mensch
Pissblum unbeliebte Person

Pissdippe Nachttopf
Plärre (blärre) falsch singen, schreien
Plattkobb Mann mit Glatze
Pratze große Hände
Puddel Milchfläschchen
Puul Jauche

Q

Quadratlaatsche (Kwadraatlaatsche) riesenhafte oder globige Schuhe
Quadratsimbel (Kwadraatsimbel) egal was er anpackt, er schafft nur Unfug
Quetsche (Kwetsche) Zwetschgen
Quetschkommood (Kwetschkommood) Ziehharmonika

R

Raadschäern Vielschwätzerin (»Kann dann die aal Raadschäern neddemol ihrn Babbschnuud halde?«)
Rabbatz Lärm(belästigung)
rabbeldäerr sehr dünn, mager
rabbeln / rabbele urinieren (eher bei Kindern)
Raggäer größere Kinder mit Unfug im Kopf; kleiner Raufbold
Raffel Gebiss, schlechte Zähne
rattze schlafen

ratzfatz / ratzi fatzi / ratze fatze mit rasender Geschwindigkeit, schnell
rausdozze heraus fallen
Reesche Regen
Reeschescherrm Regenschirm
Reeschewormm / Reeschewårmm Regenwurm
Reeschedröbbschäer / Reeschedrobbe leichter Niederschlag
Reibeise unzulänglicher Mensch, an dem man sich aufreibt (oder auch »Der hot jo a Schdimmsche wie e Reibeise.«)
Ribbelkuche / Riwwelkuche Streuselkuchen
ritzerood knallrot, leuchtend rot
robbe rupfen
ruff / rufffäer hinauf
rumdabbe umhergehen (meist planlos)
runnäer hinunter
runnäerrobbe herunterreißen

S

Säggel Hosentasche, Jackentasche
saache sagen
sabbeln sinnloses Zeug reden
Sabbäer Speichel
Sallatschnegg / Salladdschnegg / Saalaadschnegg(elsche) Gemüsehändlerin
Salzschdänggelscher / Salzstänggeljchäer Salzstangen
saustargg hervorragend
schaffe arbeiten
Schaawellsche / Schaabellsche Fußschemel
schbachtdele essen

Schbarschel Spargel
Schbatzepadäerr / Spatzeparderr Dachgeschoß
Schbeiss Mörtel
schbeuze spucken
Schbischel / Spieschel Spiegel
Schbitzkliggäer besserwisserischer Mensch
Schdaa (Staa) Stein
Schdingkstiffel (Stingkstiwwel) unerträgliche, meist männliche Person
Schdingkwatz übelriechender Mensch
Schdöffsche (Stöffsche) Apfelwein
Schdribbezieher Elektriker
schdrimmbisch ohne Schuhe, nur in Strümpfen
schdrunze (strunze) prahlen; auch: herumstreunen; ausgehe
schdruwwelisch / schdrubbelisch ungekämmt
schdummbe (stumbe) schubsen, stoßen, anrempeln
schebb schief
schee / schäa / schey schön
schenne schimpfen
Sch(ä)ess(e)long Sofa, Couch
Scheuäer(n) Scheune
Schibb un Beese Kehrschaufel und Handbesen
Schibbsche kleine Schaufel
Schillee / Scheeley / Schällee Gelee
schinanntd / scheenanntd schüchtern
Schinnoos böses Weib, falscher Mensch
Schlaafschdaa (Schlaafstaa) Schleifstein (»Do sitzt äer wie de Aff uff'm Schlaafschdaa.«)
Schlabbe Hausschuhe
Schlabbefliggäer / Schlabbekiggäer unzuverlässige Person
Schlabbmaul vorlaute Person
Schlammbes Schlamm; unordentlicher Chaot
schlapp mache Energie verlieren, aufgeben, enrgielos

Schlaawien(ä)er durchtriebener Geselle, dem so leicht nichts anbrennt
Schleeschd schlicht, einfältig, naiv
Schleeschdschwätzäer jemand, der dumm daherredet
Schleimscheißäer ein Einschleimer, Honigschmierer
Schlibbsche Schleife
Schligge / Schligges Schluckauf
Schloofschdubb Schlafzimmer
Schluuri(e) ungenauer, unordentlicher oder unehrlicher Mensch
Schmaaßmigg (Aabeemigg) Schmeißfliege; Klette, besonders lästige Person, die sich an jeden heranschmeißt und dann für immer kleben bleibt
Schmarräer Person, die Unsinn erzählt
Schmatzzäer Kuss
Schmiss Schläge
Schmuus leeres Gerede, dummes Geschwätz
Schmuu Betrug, fauler Zauber
Schnäppsche Sonderangebot
Schnarrschnaas langsame Person
Schnibbelsche kleines Stück
Schniggäer Schubs
Schnittlauchlogge dünne, glatte Haare
Schnorräer auf Kosten anderer Lebender
Schnubbe Schnupfen
Schnuggelsche etwas zum naschen; Kosewort für den/die Liebste(n)
Schnuud Mund
Schoddäer Bargeld
schoggele schaukeln
Schoggelgaul Schaukelpferd
Schobbe ein Glas Apfelwein; heutzutage auch einkaufen (»Ich geeh ma ins Zentrum bissi schobbe.«)
Schöppsche kleines Glas Apfelwein
schrääsch druff schlecht gelaunt
schubbse stoßen

schwangäer Lerrsch übergewichtiger Mensch (schwangere Lerche)
Schwarwenzeler / Schaarwenzeläer einer, der ständig um einen tänzelt (herumschawenzelt)
Schwelles dicker Kopf
Sesselforzzäer Stubenhocker oder auch Ausdruck für »Büroochs«
sisch ableesche schlafen gehen
sisch ins Hemd nei mache / sisch ins Hössche schiffe / sisch in die Buggs scheiße übertrieben aufgeregt/nervös/ängstlich sein
Siffäer Säufer, Betrunkener
Simbel Einfaltspinsel
Simbelskobb macht so ziemlich alles falsch, was er anfaßt
sisch lebbäern sich anhäufen
siwwe / sibbe sieben
Spaarbreedsche / Spaarbräädsche / Spaarbiggs geiziger Mensch
Spinattwachtdel meist Bezeichnung für eine ältere Frau, die ungepflegt oder auch unangemessen auftritt
Spitzkliggäer besserwisserischer Mensch
Stiwwel / Stiffel / Schdiwwel / Schdiffel Stiefel
Stinkwatz / Schdingkwatz übelriechender Person
Stoggfisch / Schdoggfisch wortkarger, ungesprächiger Mensch, der nicht aus sich herausgeht
strulläern urinieren
Suddelweddäer schlechtes Wetter (meist nasskalter Regen)
Supp / Subb Suppe, Eintopf
Subbedibbedeggel Suppentopfdeckel
Süßmaul / Sießmaul jemand, der gerne nascht (»Naschkatz«)

T

traadsche / traatdsche schwatzen, lästern
Traatschtand Tratschtante
Tranfunzel / Traafunzsel Ausdruck für eine vor sich her dösende, lahme Person; oder jemand, der ständig auf der Leitung steht
trättsche / trättsche (auch: **dräddsche)** stark regnen (»Käerlle naa, wie däs trättscht do drauße. Bei deem Suddelweddäer wäerdd isch neddema de Hund nausschigge.«)
Trauäerklooß / Trauäerlabbe trauriger Mensch
Trottwaa / Troddewaa Bürgersteig
Trottwaarschnegg / Troddewaaschnegg wie Bordsteinschwalbe; Straßenprostituierte
trüüb Dass / trieb Dass langweilige Person, mit der nix anzufangen ist; trübe Tasse

U

Übberisch / üwwerisch übrig haben
uff die Nuss auf den Kopf (»Deem Dreggbangäert haach isch mit Genuss uff die Nuss.«)
uffbabbele zu etwas überreden, aufschwätzen
Uffbasse! Aufpassen! Acht geben.
Uffbassäer Aufpasser, Wachhund
uffbumbe etwas mit Luft füllen, etwas auf den Boden werfen
uffenannäer aufeinander (»Uffenannäer, üwwäernannäer, unnenannäer, nebbenannäer… alles kreiz un kweer dorsch de Gemiesegardde.«)
uffgeblaase / uffgebloose eingebildet

uffgestumbbtd klein; aufgestoßen (»De Börschäermeistdäer is en klaane Watz. So'n Uffgeschdumbbtde, waaßstde?«)
uffheern / uffhäärn aufhören (»Häer doch uff, geeh fott.«)
Ufflaaf Auflauf
uffmische jemanden ärgern
uffmugge aufsässig werden
uffraame aufräumen
uffrabbele aufstehen, sich aufrappeln
uffreesche aufregen
uffrobbe aufreißen
uff's Häernn dozze auf den Kopf fallen
Uffschnitt Wurst-Aufschnitt
Uffzuuch Aufzug
uhruhisch / uhruhisch unruhig
unaans uneinig
unne unten
unnäernannäer untereinander
Unnersischguggäer verschüchterter Knabe
Urrumbel Ungehobelter (rücksichtsloser) Mensch

V

Veraarsche / ve'aarsche verulken
veräbbele / veräbbeln jemanden hereinlegen
Verbabbder für ihn ist die Zeit stehengeblieben. Und wie schön war es früher doch...
verblembern verschwenden
verbutzze / verbuddze aufessen; verputzen
verdorschde verdursten
verhunse verderben, kaputt machen

verkligge / verkliggäern / verkliggere erklären
verkrotze unbrauchbar machen
verkrumbeln zerknittern
V(ä)errdel Viertel
Verreggäer / Verreggerling fehlerhafte Schraube; Schimpfwort
verrobbtdäer Giggel verwahrloster, ungepflegter Mensch
verrobbe zereisen, sich für etwas einsetzen
verrzeh vierzehn
verrzisch vierzig
verschdeggele verstecken
verschlabbäern verschütten
versoffe Loch einer der gerne über den Durst trinkt
verworschdelt durcheinandergeraten
Voll däs Pund Super
Volle Lodde mit voller Kraft
Volles Rohr Heftig

W

Wärschtsche Würstchen
Wärtschaft Lokal, Gaststätte
Wäschlabbe Waschlappen; Weichei
waasch weich
wass am Sträusje habbe Denkschwierigkeiten haben
wass an de Erbbs habbe nicht voll zurechnungsfähig sein
Wass en Rotz welch Ungeschick
wass uff die Brezzel kriehje am Kopf geschlagen werden
Wasserhäusje Kiosk
Wasserkrahne Wasserhahn
Wasserschdaa Waschbecken
Wasserschdaabäerscht Wurzelbürste

Weck Brötchen, Semmel
Weesch Weg
weeschemir meinetwegen
Welscherholz Nudelholz
Welschesdaach (Wäldschesdaach) Frankfurter Feiertag Dienstag nach Pfingsten
W(ä)ermscher Würmer
W(ä)ersching Wirsing
widd die Wand geklobbt an die/gegen die Wand geschlagen (geklopft)
widdäer, widd gegen, wider
Wiesaasch Gesicht
wo dewedderdozze gegen etwas stoßen
wo hie mache ein Ziel ansteuern
worschtegal gleichgültig, unwesentlich
worschtdele beschäftigt sein, vor sich hin werkeln
Worscht Wurst
Worschtfingäer dicke Finger
Worschtsupp / Worschtsubb Wurstsuppe
Worschtzibbel Ende einer Wurst
Wutz Schwein

Z

zabbeduusder, zabbeduustdäer stockdunkel
Zabbelfillibb Zappelphilipp; unruhiges, hyperaktives Kind
zaggisch flott, zügig
Zaigk / Zeusch Zeug
Zankdibbe zänkisches Weib
zabbele sich bewegen
Z(ä)erggus Zirkus

zesammeleesche zusammenlegen
Zimb(ä)erliesje verweichlichtes Kind
zobbele zupfen, ziehen
Zoores Gesindel, heruntergekommene oder dahergelaufene Gesellschaft; lautstarkes Durcheinander
Zwoggel klein gewachsener Mensch
Zornngiggel cholerisch veranlagter Mensch
Zuggäerschneggsche / Zuggerschneggelsche Zuckergebäck; Bezeichnung für eine attraktive, junge Frau
zesamme lebbäern die gewünschte Anzahl nach und nach erreichen
zwaa zwei
Zwiebbel / Zwiwwel Zwiebel

Hochdeutsch – Hessisch

A

Ätsch! Puusdekuche!
ab morgen von morsche/moije aa
Abendessen Nachtdesse
aber awwer, abbää, abbäer
Abfall de Dregg, de Käerschel
Abfalleimer Dreggaamäer
Abflussrohr Aabeerohr
abhauen weggmache, fottlaafe, fottmache
Ach (her)je! Ei-jei-jeijeijei(jeijei)!
albern giggelisch
allein elaans
allmählich nach un nach
als wo (»Wo mir dammols ma bei de Offebäschäern ze Besuch waare, habbe mer unsäern blaues Wunnäer erleebt – däs kann isch däer saach du.«)
altmodisch von Annoo Dubbagg
an aa
Andenken Erinnäerungsstüggsche; Aadengke
andere annere, annäern (»Wesweesche soll's annäern Leut besser geehe, wie mir?«
anders annäerstder, annäerschder
Angeber Sprüschklobbäer/Schbrischklobbää, Aagewwäer, Röösder, Grooßduhäer (»De Sprüschklobbäer gibbt wieddäer aa, wie e Dudd voll Migge.«)
angrappschen bedattsche, befummele
Angst Bammel, Schiss, Muffe (»De Muffegängäer hot Schiss in de Bucks.«; »De (Ängst)Schissäer hot muffe.«)
ängstlisch bibberisch

(an)stoßen stummbe (»De Dreggsagg hot misch gestummbt.« – De Drecksack hat mich geschupst/gestoßen.)
Antiquitäten schääne, alde Sache; schee aldes Zeusch
Apfelwein Äbbelwoi (Ebbelwoi), Äbbler, Stöffsche, Schobbe (»Ob Äbbelwoi, Äbbler oddäer Schobbe, däs Söffsche is un bleibt en guude Drobbe!«)
Apfelweinkrug Bembel, Bemmbel, Bämmbel (»Hier Eddgar! Reisch mär ma de Bembel rübbäer!«)
Apotheke Abbedeesch, Abbotheeg
Ärger Ärschää, Stungk
ärgerlich ärschäälisch
auch aa, aach
Aufpassen! Uffbasse!, Achtgebbe!, Achtbasse!, Owwacht gebbe!
aufreißen uffrobbe
aufwischen uffbuddze
Augenlid(er) Aachedeggel(sche)
aus aas; von (»Ei Guude! Isch komm/bin gebörddisch von Frankfortt.«)
Ausflug Spritzduur
ausgerechnet ausgereschend

B

Baby Bobbelsche (»Ei, wosse goldisch Bobbelsche!«)
backen bagge
Bauch Ranzse, Wamb(es)
Bauchschmerzen Ranzsereiße
Baum / Bäume Baum / Bääm
begriffsstutzig unnäerbelischdet, vernaacheltd (vernagelt), daab (taub)

bekommen kriehje, krische (»Da kännt mär grad die puddelnaggisch Krängk kriehje du.«)
Berliner (Pfannkuchen/Krapfen) Krebbel
Beruhig dich! »Krisch disch wieddäer ei!«; »Reesch disch ab!«
beschmutzen dreggisch mache; väersaue
besonders besonnäers
Beton Beddong, Bäddong
betrügen behummse, bedubbe, bedubbse, belubbäern, beluurn
betrunken besoffe, discht, zugeballäert, voll; sehr betrunken: rabbeldischtd, haggeduddeldischtd, dischtd bis owwe hie.
bezahlen blesche, latdze, berabbe
bisschen bissi, e bissi, bissje
Bitte? »Hä?« oddäer »Woss?«
blöd blääd
Bonbon Guudsje, Klummbe
Bottich Bütt
Brei Brammbes,
Brötchen Weck, Wägg, Bräädsche
brüllen kreische, Bläerre
Bürgermeister Bäerschemeisdäer, Börschemeistdää, Bollemoschdäer
Bürste Bäerschtd
Busen Möbbs, Membel, Eumel

C

Chance Schanggs, Geleescheheit
Chef Scheff, Kabbo, Bürroocks, Sklaawetreibäer
cholerisch hitzkäbbisch, hitzegiggelisch, zorngiggelisch
Clown Kloon, Hambel
Courage en Aarsch in de Bucks habbe

D

dafür defier, dodefier, dodefäer
dagegen degeesche, degeeje, dodegeesche
dahinter dehinnäer, dodehinnäer
damals dunnemools, dammols, Anno dutzemal
darüber driwwäer, dodedrübbäer
darunter drunnäer, unne drunnäer
das däs
dass däss
davon dadevoo, dodevonn
dazu dezu, dadezu
dein dei, doi
deswegen / deshalb desweesche, desdeweesche, desweje
dick mobbelisch
dieselbe die|selwische (dieselbige)
disbutieren, diskuttieren dis(s)bediern, dis(s)bediere
drauflos deweddäer (»Druff un deweddäer!« – Drauf und dagegen/An die Arbeit)
dreist unväerschäämt
Dummkopf Bläädhammel, Bläädkobb, Bleschkobb, Schleeschtschwätzäer, Däämlack, Dolles, Dollbohrer
durchdrehen ausflibbe, austiggäern

Durchfall Dorschmarsch, en flodde Oddo, en Flodde, Dinnschiss, en Dünne
durchschauen spitzkriehje (herausfinden)
dürfen därffe
Durst Dorschtd

E

eben eebe, eewe (»Eebe habbe mer's gell.«)
egal worscht, worschtegaal
Ehefrau bessäere Hälft, Schbätzje, Mäusje, Mäuselsche, Scheffin, Dragonäer, Gewiddäerhex, (aal) Biggs
Ehemann Göddäergadde, de Alde, de Vaddäer, Hannebambel, Hambel (Pantoffelheld), Häersch (Hirsch)
eigenartig koomisch, eischearddisch
Eile die Jäschtd
Eimer Aamäer
ein e
einander enannäer
einmal emol
eins aans
einsam elaans, soolo
einzigartig einzsischarddisch, besonnäers
elf öllf, ällf
Eltern Erzeuschäer
entknoten uffpiddele
Entschuldigung! Tschuldischung!; Es duud mer laad.
entzwei gabbutt, im Aarsch
Erkältung die Kränk habbe; de Dalles, Husde un Schnubbe (»Geeh net so naah an misch draa. Isch habb de Schnubbe, waaßtde?«)
erklären verkliggäern

erschrecken verschregge
erzählen verzäähle
etwas ebbes, wass
euch eisch
euer euäer(n), eij(ä)er(n)
eure euäerne, eij(ä)erne

F

fad lebbsch, läbbsch
Fahrrad Radd, de Häersch
Familie Fammillje; bugglisch' Verwandtschaftd (komplette Familie mit Anhang); Verwandtschaft negativ: Bagaasch
fantasieren rumspinne
faseln laabäern
Faulpelz Flabbsch, Nachtkabb
Februar Febbruwaa, Fäbbruwaa
Feierabend Feijääawend; ferddisch
Feigling Schissäer, Waschlabbe, Muffegängäer, Feischling
Ferkel Ferggelsche, Wützje, Schweinsche
Fernsehapparat Fernseeh', Klotzz, Klotzefoon, Mattscheib
fertig ferddisch (»Isch bin jo heut wieddäer fix un ferddisch midde Nerffe.«
Fest Feede, Parddie
Feuer Feuäer, Flaggäersche
Flasche Flasch, Boddel, Buddel
fortführen weidäer mache; alls weidää
Foto, Fotoapparat (de) Foddo
Frack Schwalweschwänz (Schwalbenschwänze)

Frau Fraa
frech pambisch, fresch, unarddisch
Fremder Auswäerddische
Fremder, der zugezogen ist Eigeplaggtde, Oigeplaggtde
Frikadelle Friggadell(sche)
Frühstück Friehschdigg
fünf finf, fimf
fünfzig fuffzisch, fuffzsch

G

Gabel Gawwel
gaffen kloddze; blääd in de Geeschend rumgugge
Garderobe Garddroob
Garten Gardde
Gasthaus Wäertshaus, Wäertschaftd; die Beids
Gebäckstückchen Plätzje
geben gebbe
Gebiss Raffel, Geraffel, Kauleistd
Gebrüll Gekreisch, Gekrisch
Geburtstag Geborttsdaach, Wieschefest
gegen geesche, gäje
Gegenteil Geeschedeil, annäerstdrimm (anders herum)
gegenüber geeschrübbäer, gescheriwwer, wissawie (vis à vis)
gehen geehe
Geizhals Knausäer, Groschepetzäer, Spaarbräädsche, Kniggsagg
geizig kniggerisch
gelb geel
Geld Flogge, Schoddäer, Zastdäer, Mooneede, Pinunnzse
Geldbeutel Pottmaanee, de Padde, Säggel

Gemüse Gemies
Gemütlichkeit Gemiedlischkeid
genau so isses; rischdisch; sowwieso; eeh
Geruch Düftdsche, Diftdsche
Geschrei Gekreisch, Gebläerr
Geschwätz Gebabbel, Babbelababb
Gesicht Wiesaasch, Banatdzel, Gesischtd, Brezzel
Gestank Mief, Muff
gesund dobbfitt
Glatzkopf Plattkobb
gleich glei, gleisch
gratis fäer umsonstd
gratulieren graddeliere
Grippe Huusde un Schnubbe; die Gripp
Großmutter Omma
Großvater Obba
grün grie(n)
gruselig gruselisch, schaudäerhaftd
gucken gugge
Gurke Gorgg, Görggsche
guut guud

H

Haartrockner Föön
Habseligkeiten Sibbesache
Hammer Hammäer
Handtuch Hannduuch
hauen haache
Häuschen Häusje, Häussche, Heisje; die Hütt
Hausschuhe Schlabbe, Pandoffel
Heiligabend Heilischawend

heim haam (»Mir mache haam.« a– Wir machen uns nach Hause.«)
heimlich haamlisch, hoimlisch
heiraten heiraade, heijäern
heizen warmm mache
Herrje! Jesses!; Jessesnochmol
herum erumm
herumstrolchen rummstromäern
herunter enunnäer
herzen bobbele
herzig schnuggelisch, goldisch
heule greine
Heulsuse Pienslie(je); (aal) Flennäern
hinauf enuff, nuffzuus, ruff(äer)
hinaus enaus, naus
hinein enoi (»Äbbelwoi! Hals enoi!«)
hingehen hiemache
hinsetzen hiehogge
hinten hinne
hintereinander hinnenannäer
hinterherrennen naachmache
Hintern Hinnäern, Bobbes, Aftdäerballe
hinüber enübbäer, eniwwäer
hinunter enunnäer, runnäer
Huhn Hingkel
Hunger Koohldammp(f),
hüpfen hübbe, hibbe
Husten Huusde

I

ich isch
ihm em, demm, deem (»Isch habb em schonn hunnäertd ma gesacht, däss der däs lasse soll. Abbäer de Schluurie häärt jo net.«
ihn en, dänn, deen (»Isch habb en jo schonn gekennt, do war äer noch en klaa Bobbelsche.«
ihnen ihne, deene, dänne
immitieren nachmache, nachäffe
immer immäer, alls (»De Hausdrache is alls hinner mir her. Da kännt isch grad verriggtd werre.«)
immerwieder / immerzu allsfott, alle-ridd
Internet Indernett
irgendwie, irgendwo, irgendwann ärschendwie, ärschendwo, ärschenwann

J

ja jaa
Jacke Jagg
Jäger Jäschäer, Jäschäermeisder, Waldmeistdäer
Jahr Joahr (»Aldäer Schlabbekiggäer. Däs Joahr is jo schonn bald wieddäer rimm du.«)
Januar Jannuwaa
jauchzen juchdze
Jesus! Jesses!
jetzt jetzz
jucken jugge (»Wenn's jugge duud musstde disch kratdze, gell.«)
Jugend Juuchend, Juuschend, junge Leut, Tienättschää

Junge Bubb, Bübbsche; **kleiner Junge**: Stebbes

K

Kaffee Kaffee, Kaffää(ee)
Kaninchen Karniggel
Kapelle Kabell
Kartoffel Gardoffel
Kartoffelpüree Gardoffelschdämmbes
kaufen kaafe
kein, keine ka (»De Kerll hot ka Ahnung von nix.«)
keinen kaan
keiner kaanäer
Kerl Käerll, Kerll (»Kerlle naa.«)
kichern giggeln, giggele
Kiosk Wassäerhäusje, Schdändsche
Kirche Käersch
Klatschtante Petzlies(je)
kleben babbe
Kleber Babber
klebrig babbisch
klein klaa
Kleinbürger Schbiessäer
Kleinigkeit Klaggs
Kleinkram Miggeschiss
kleinlich kniggerisch
Klingel Bimmel, Schell (»Es hot an de Dier geschellt. Beweesch ma dein' Hinnäern von de Kautdsch runnäer un machema uff.«)
Kloschüssel Klooschissel
Kneipe Kneib, Beids
Knirps Zwoggel

Knopf Knobb
Kopf Kobb, Wäersching, Deez, Däätz
Kopfschmerzen Kobbweeh, Migrään (»Isch haach däer uff de dolle Wäersching, bis de Kobbweeh bekimmst.«)
Kraft Schmagges
krank mallaad, krangk, krängklisch
Krieg Kriesch
Kröte Krott
Küsche Küsch, Kisch
Kugel Kuuchel
Kuhfladen Kuhflattschäer
Kühlschrank Eisschrank
Kürbis Käerbiss
kurz korzz
Küsschen Küssje, Bussi

L

Lagerfeuäer Flaggäersche
lamentieren lammendiere, prääweln
Lappen Labbe
Lärm Raddau, Krach
lärmen krakeele
latschen laatdsche
laufen laafe
läuten bimmeln, bimmele, klinggele
Leben Leewe, Lebbe, Leebe (»Lebbe geeht weider.«)
Leberwurst Lewwerworscht, Lebbäerworscht (»Die Jungfraa un die Lewwerworscht bleibe eewisch unerforscht.«)
legen leesche
Leute Leut, Leud, Leit, Laid

lieben saumääsisch gernn habbe
liebkosen knuddele
Limonade Limmo, Limmonaad, Fanda
Lineal Linnjaal
listig hinnäerfotzisch
Los! Auf!; Deweddää!; Alleeh hobb!
loswerden abhängge
Lügner Lüüschebeudel, Lieschebeudel, Kabbesbabbeler
Lümmel Lausäert, Bangkäertd
Lust Bogg
lustig lusdisch

M

Mädchen Määdsche, Schnegg, Schneggsche, Schneggelsche, Zuggäerschneggelsche
Main Maa
Manchmal manschma, manschemol, manschesmol
Mann Mann, Kerll, Magger
Märchen Märsche, Määrsche
Material Mattrejaal
Maul Fress, Fressaasch
Maulwurf Maulworff, Blindgängäer
Meerrettich Meereddisch
mein, meine mei, moi
meinetwegen moinsdeweesche, maanetweesche, von mir aas.
merkwürdig koomisch, merggwörddisch
Metzger Metzgäer, Metzjäer
mickerig miggerisch, miggrisch
mindestens minnesdens, minnsdens, wenn net noch mehr
Mittagsschlaf Niggersche, Siejesda

Mittelfinger Stingkefingäer
Moped Mobädd, Mobbedd
Morgen Moind, Morsche, Morje, Mojend
müde mied
Mühe Müüh, Mieh
murren muggse (*mucksen*)
munter mundää, mundäer
mürrisch muffelisch
Musik Mussigg
müssen müsse, misse (»Müsse misse mer gar nix.«)
Mutter Muddää, Mudder, Muddäer
Mütze Kabb, Batschkabb (»Nimm gefällischst ma die Batschkabb ab, wenn de mit mir babbelst.«)

N

Na sowas! Uii!
nach oben nuff, enuff
nackt naggisch
Nanu! Huch!
Nase Gummäer, Naas, Zingke
neben nebbäer, newwer
necken frozzsele, uudse
nehmen nehmme, nähmme (»Die nehmme's von de Lebendische.«)
nein naa
nervös hibbelisch, kribbelisch, nerwääs, nerwöös, uffgereescht
nichts nix, niggs
niemals im Leebe/Leewe net.
niedlich drollisch, butzisch, goldisch
niemand kannäer

nieseln dröbbele, dräbbele
nirgends närschends
nirgendwo närschendwo
November Nowemmbäer
nun jetzz (»Jetzz mach abbäer ka Dingäer du un lossemo die Käersch im Dorff!«)
nützlich nitzlisch, niddzlisch

O

oben obbe
obendrüber obbedribbäer, owwedriwwer
oder oddäer, oddää
Ohren Ohre, Lauschäern, Lauscherische, Lauschäschää (»Häer mo zu un sperrma die Lauschäern uff!«)

P

Pantoffeln Schlabbe
Pantoffelheld Hambel, Hannebambel
Papa Babba
Pappkarton Babbedeggel, Karddong
Pärchen Päärsche
Parfum Pafäng, Parfimm
Pellkartoffeln Kwellmännäer, Gekwellde
Pfanne Pann
Pfarrer Parräer
Pfeffer Peffää
pfeifen peife

Pfeife Peif
Pferd Gaul
Pfingsten Pingstde
Pfirsich Fäerssisch
Pflaumen Kwetdsche
Pfusch Morggs (Murks)
Pfütze Piddsch
plappern babbeln
Plätzchen Plättzje
plaudern babbeln, paalaawäern
Polizei Bollizei, Bullerei
Polizist Bollizist, Bulle
poltern rummbeln
Popo Bobbes
prickeln biddzseln
prügeln väerklobbe, väerbimmse, väerbummbe, rumbummbe

Q

quälen kwääle, malträdiern
Quark Kwarkk, Madde
quasseln babbeln
Quetschen Zwettschge
quetschen kwetdsche, zesammedrigge
Quittung Kwiddung

R

Radiergummi Ratzefummel
Radieschen Radiesje
Radio Raadjoo
Raketenforscher Raakeededifttläer (*Raketentüftler*)
Rauch Kwallm
rauche raache, bloddze, paffe
rechtzeitig zeidisch
Rede Rädd, Räed
reden redde, räedde, babbeln
Regenschirm Reescheschäermm
Reibekuchen Gardoffelpannekuche
rennen renne, laafe, wetdze
Rest däs/'s Iwwerische (das Übriggebliebene)
richtig rischdisch
Rücken Rigge, Buggel, Kreiz
ruinieren gabutt mache

S

sagen saache
Sahne Schlaachsaahn
Samstag Sammsdaach
sauber saubäer, sauwä
säubern buddze, in die Reih mache
Sauerkraut Kraut
Säufer Schluggspescht, Schnabbsdrossel, Suffkobb, Bembelbrennäer
Säugling Bobbelsche
Schatz(i) Schnuggel(sche), Schatzimausi, Schatzebobbes

Schelm Schlaawienäer
Schere Schäerr
Schiebermütze / Schirmmütze Batschkabb, Baddschkabb
schief schebb
schimpfen schenne, motzde
schlafen schloofe, ratdze, penne, knagge
schlaff flabbschisch, labbeduddelisch, schlabb
schläfrig dääsisch, mied
Schlägerei Bummberei, Klobberei, Fratdzegeballäer
Schlampe Zumbel
schlau net uff de Kobb gefalle
schlecken schlabbäern
Schleife Schlubb
schließen zumachen
Schlitzohr Schlaawienäer
Schluckauf Higgser, Schligges
schmächtig schmäschdisch, miggrisch
schmeicheln schleime, (rum)schloime, Aarsch kriesche
schmerzen weehduun
schmierig schmuddelisch
schmutzig dreggisch, verdreggtd/ve'dreggtd, versifftd/ve'sifftd, siffisch
Schnaps Schnäppsje, en Korzze
schnarchen schnargkse, säässche (*sägen*)
Schnauze Schlabbe, Schlabbmaul
schnell hurddisch, mit Karacho
schnüffeln schnubbäern
Schnupfen Schnubbe
Schokolade Schoggelaad
schön schee, schää, schey
Schoppen Schobbe (in den meisten Fällen bezogen auf *Äbbelwoi*)
schreien kreische
Schreihals Krischäer

Schublade Schubblaad; Krimskram-Schublade: Kruschelschubblaad
Schuhe Schuuhn, Schlabbe, Treedäer, Laatdsche
Schüssel Schissel
Schwätzer Schwalläer, Schwalldibbe, Schleeschtdschwätzer, Dummschwätzer, Dollbabbler
schwindelig schwinnelisch, tormmelisch, miggetormmelisch
Schwiegersohn Dochdermann, Schwieschääsohn
Schwiegermutter aaläer Draache, Schwieschäämuddää
sechzig seschdsch
sehen gugge
Senf Semmbf
Sie Sie, Se
sieben sibbe, siwwe
Silvester Silwesdää, Knallerei
sitzen hogge
Sofa Soffa, Kautdsch, Schässelong (*Schlafcouch*)
sonderbar koomisch (»En koomische Kaudz.«; »En koomische Heilischer.«)
Sonntag Sonndaach
Spaß Schbass, Spass
Spiegelei Spieschelei
Splitter schliwwäer
sprechen babbele, räedde, schwäddze
springen hobbe, hobbse
Sprudelwasser Biddselwassäer
Staubsauger Staubsauchäer, de Dreggdeiwel
steehlen mobbse, klaue, eisäggele, kassiern
Storch de Klabbäerstorsch
stoßen schdummbe
Straße Straaß, Gass (»Mach disch von de Gass, du Hannebambel, bevor isch disch pladdisch fahr!«)
Streit Knaatdsch
streiten annenannäer geraade, zoffe, sisch krache, disbediern

Streusel Riwwel, Krimmel
Streuselkuchen Riwwelkuche
Strümpfe Schdrimmb
Stuhl Hoggäer, Schduuhl
süß sieß
Süßkartoffeln Sießgardoffeln

T

Tabak Dubbagg
Tag Daach
tanzen danzse, rumzabbele/rumhambele (Disco)
Tapete Daabeed
Tasche Dasch, Täsch
tatterig dadderisch
taub daab
Taube Täubsche
teilnehmen mitmache, mitmische, middmache, middmische
Telefon Tällefoon, Händie, Schmarttfoon
teuer deiäer
Teufel Deiwel
Tochter Dochder, Dochdäer
Toilette Kloo, Aabee
Tölpel Dabbes, Dilldabb, Hallebatsch
Topf Dibbe
Tourist Auswäerddischäer, Tuuristd
tratschen traatdsche
Treppe Drebb
treten treede, dabbe
trinken tringke, schlugge, Schobbe petze
Tüte Dudd

U

übel iwwel, üwwel
üben iewe, üübe
über iww(ä)er, übbäer
überall iwwerall, übbäerall
übereinander iwwäenannäer, übbäerenannäer
übergeben koddze, kotzze, bresche
überzeugen rimmkriehje, iwwerzeusche
übrig iwwerisch, übb'risch
übrigens iwwerischens, übbrischens, a pro Po
umarmen greife
umziehen umziehe, wo annerst hin mache.
und un(n)
Unfug Kabbes, Schduss, Koggeloores
ungeschickt dabbisch
ungewöhnlich schrääsch
unheimlich mullmisch, gruuselisch
unordentlich schlammbisch
unten unne
unter unnäer
Unterwäsche Unnäerwäsch

V

Vater Vaddää, Vaddäer
Verbrecher Ve'breschää, Ve'breschäer, Schdrommäer
Verdammt! Kagge!; Scheißdregg!
verderben verhunse, versaue
verdoppeln uffdobble
verdorben schleeschtd

verdutzt baff (»Do bistde baff, gell.«)
vergessen vergessem verschwitdze
vergesslich schusselisch
Vergnügen Väergniesche
verliebt väerknalltd
vernünftig väerninftdisch
verpetzen saache, verraade
verrückt blemmblemm, beklobbtd, newwer de Kabb, en Dubbe habbe, en nasse Huut uffhabbe, aanäer am Sträuße habbe, en Schlaach midde Wicksbäerschtd bekomme habbe.
versteigern verhöögern, verhäägäern
verstehen mitkriehje
viel jeede Menge, en Haufe, en ganzse Aarsch voll
vierzig väerzsisch
Vogel Voochel (Mehrzahl: Veeschel)
von oben (herunter) vonn drowwe, vonn obbe (nunner)
vorbei rimm, umm, voriwwäer
vorrübergehend korzzeidisch

W

wahrscheinlich vermuddlisch, weschaanlisch, waschoinds
warten wardde
was wass, woss
waschen wäsche
wecken wach mache, uffwegge
wegen weesche, weeje
Wein Woi
weinen flenne, greine, jaunäern, heule
weiter weidäer

wem wemm, weem
wenig weenisch, e bissi, fäer de hohle Zahn (in Bezug auf Essen)
werden werdde, werre
wessen wemm soi, weem sei
wieder wieddäer, wirrer
wir mir
Wirt Wärt(t), Wäertd
wofür fäer wass/woss, wodefier, wodefäer
wohin wohie(h)
wovon woovonn, von wass
wozu woozuu, woodezuu
Würffel Wärffel, Wörffel
würgen (er)wörsche, die Krotdz erum dreehe
Wurm Wormm
Wurst Worscht(d)
Wurzel Worzzel, Woddzsel
wütend zornnisch, bääs

Z

zahlen blesche, latdze, berabbe, hiebläddere
Zahnschmerzen Zaahnweeh
Zeh Zeeh
Zehn zeehn, zähj
Zeigefinger Zeischefingäer
zeigen waase (*weisen*), zeische
zerstören gabutt mache
Zigarre Zigga'
Zimmäer Stubb, Buud
zimperlich zimbäerlisch
Zirkus Zärggus

zittern bibbäern
Zopf Zopp
Zottelkopf Zoddelkobb
zuhören zuhäern, Lauschäern uffschberre
zurück zerigg, reeduuä(r)
zusammen zesamme, z'samme
zwei zwaa
Zwiebel Zwiwwel, Zwiebbel
zwinkern blinzsele, midde Aachedeggel blinzsele
zwölf zwellf, zwällf

Anhang B: Handkääs mit Mussigg un annäern leggäere kullinarrische Spezjalitääde aus de traddizjonell hessisch Kisch

E hessisch Sprischwordd säscht: »Liebbäer guud gegesse, wie schleschtd geschafftd.«
Un wer nix esse duud, der kann aach nix schaffe, gell.
Un desdeweesche habb isch eusch hier die beliebbtdestde Schbeise von de Hesse zum Selwäerkoche uffgeschribbe.
Un baam Koche do mäschtd uns kaanäer so schnell ebbes vor.
Gemmeggäert wärdd iwwerall, nuär net am Essdisch, gell!
Unsäer Muddäer hot frieher immäer gesäscht: »Es wäerdd gegesse woss uff de Disch kimmt!«

Wenns Sauäerkraut reeschend
un Rindswäerschtschäer schneit,
dann bitt isch de Herrgott,
dässes Weddäer soo bleibt.

Guude Abboo!

1. Handkääs mit Mussigg

De Handkääs haaßt Handkääs, weil de Kääs dammols noch midde Hand geformt worre is. Erstmaalisch kaam de beliebde Kääs aus Sauäermilschquarkk in de Sachsehausenäer Äbbelwoischdubb uff de Disch. Un weil die Zwiwwele beim Handkääs bei de Verdauung fäer die Mussigg sorsche, haaßt däs ebbe Handkääs mit Mussigg. Un däs is aach de Grund dodefäer, wesweesche die Hesse immäer so guud druff sin. Weil aus'm traarische Bobbes kimmt halt ebbe aach kaan fröhlische Forzz, gell.

Zutaade:
8 hessische Handkääs
2 bis 3 middelgroße Zwiwwelsche
100 ml Weinessisch (kann je nach Geschmägger aach e bissi meehr sei.)
Zäergga 150 ml Salattöl
Salz, Peffäer
Eventduell e bissi Kümmel

Zubbereiddung:
Däs is ganz leischtd.
Die Zwiwwele schääle un in feine Wärffelsche oddäer Ringe schneide.
Dann die Zwiwwelschäer in e Dibbe nei, mit Essisch un Öl übbäerschüdde un bissi mit Salz un Peffäer wörzze.
Däs Ganzse dann e Stündsche ziehe låsse un dann gleischmääßisch üwwäer de Handkääs verdeile. Ferddisch!

Wemmäer Lust hot, kammäer aach noch e bissi Kimmel drübbäer streue. Muss abbäer net.
Subbäer aafach un subbäer leggäer.

2. Grie Sooß

Fäer die traddizjonell Frankfodder Grie Sooß (seit 1860) braach mär erstdemå sibbe Kräutdäern. Un zwaar: Borretsch, Käerbbel, Kresse, Peddäersilje, Pimbenelle, Sauäerampfäer un Schnittlaach.
Däs schnibbeltd mär alles schee klåa un vermenggt däs dann innem Dibbe mit feingehaggtde Eiäern un Sauäerraahm.
Dodezu bissi Essisch un Öl un aach wieddäer Salz un Peffäer.
Jetzz kammäer Gardoffele dodezu esse oddäer hartt gekocht' Eiäer – Ei fäer die Bodenz, waaßtde.
So mansch aaner isst aach gernemå Taffelschbitz dodezu.

So aafach is däs, gell!

3. Himmel un Erdd

Himmel un Erdd is nix annäers als wie Äbbel un Gardoffele (Erddäbbel), die mit gebruzzelde Bluudworscht un goldbraune Zwiwwele serwiert werre.

Zutaade:
1 Killo Gardoffele
1 Pundd Äbbel
1 bis 2 Esslöffel Buddäer
1 digge Zwiwwel
bissi Salz

Zubbereiddung:
Gardoffele schääle un in Salzwassäer, so middeldorsch koche. Wassäer abgieße un die Gardoffele mit haaßem Wassäer widdäer uffsetze un grobb geschniddene Äbbel ohne Schaale dodebeigebbe. De Mischmasch gaar koche un am End alles schee schdampfe. Dann noche paar klaa geschniddenne Zwiwwelschäer in Buddäer bräune un dodedrübbäer gebbe.
Bluudworscht uff beide Seide kross åabraade un dodezu serwiere.

4. Speggkuche

Zutaade:
4,5 Pund Broodteig
2 Pund Porree
20 Eiäer
2 Pund Spegg
e halbe Handvoll Baniermehl
1 EL Salz

Zubbereiddung:
De Broodteisch daumebreit auswelle. Die Eiäern uffschlaache un mit dem Schmand glatt rühre. Porree in dünne Ringelschäer schneide un dadezugebbe. Mit Salz abschmegge. Dann die middenannäer vermenggtde Masse uff deem Teisch ve'deile. Deen Spegg in dünne Stiggsche schnibbele. Die Speggstiggsche in Semmelbrösel wälze un uff deem Kuche verdeile. Deen Speggkuche bei hoher Hitz zärgga 20 Minuude knussbrisch bagge.

5. Versoffene Jungfäer

Zutaade:
6 Eiäer
100 Gramm Pudäerzuggäer
1 Liddäer Milsch
3 Esslöffel Zuggäer
1 Päcksche Wanilljezuggäer
1 Päcksche Wanilljepudding

Zubbereiddung:
Däs Eiwaaß schaumisch schlaache un zesamme mit dem Pudäerzuggäer nochemå guud dorschhaache.
Die Milsch mim Wanilljezuggäer in e flache Kasseroll erhitze un leischt köschele låsse.
Dann nimmt mär'n Esslöffel un gibbt von deere Eiwaaßmasse so Nogge in die köschelnde Milsch enei. Die Nogge zudegge un zäergga 4 Minuude von jäedder Seit ziehe låsse. Nach 8 Minuude Ziehzeit die Nogge middem Schaumlöffel uff'n Sieb setze.

Die restdlische Milsch uff 1 Liddäer ufffülle un mit deen Eidoddere, 3 Esslöffel Zuggäer un em Päggelsche Wanniljepudding schee creemisch uffkoche låsse – abbäer ohne däss de Pudding schdeif wäerdd, gell!
Dann die Creeme in e flach Schissel neigebbe un die Nogge obbedruff setze. Weil die Nogge dodebei *versaufe* nennt sisch däs *Versoffene Junfäer*.

6. Ribbsche mit Kraut (Frankfodder Gebabbel)

Zutaade:

4 gekochte Ribbsche
600 Gramm frisch Sauäerkraut
1 Zwiwwel
20 Gramm Buddäer
250 Milliliddäer Äbbelwoi
1 Lorbeerblatt
10 Peffäerkörnnäer
5 Wacholderbeere
5 Nelke
1 große rohe Gardoffel
Salz, Zuggäer

Zubbereiddung:

Die Zwiwwel schääle, in Schdreife schneide un in em Dibbe mit Buddäer leischt aadünstde.
Däs Kraut mit kaltdem Wassäer abwäsche, abtrobbe låsse un mit ins Dibbe nei gebbe.
Mit Äbbelwoi uffgieße un die Gewörrze nei duun. Mit Salz un Zuggäer wörzze, kräftdisch dorschkoche un uff klaanäer Hitz gaare – solang bis däs Sauäerkraut waasch is, gell.
Die roh Gardoffel fein reibe un zum Schluss unnäers Kraut mit unnedrunnermenge, dademitd däs Ganzse schee säämisch wärdd, waaßtde.
Die Ribbschäer e paar Minuude uff däs Kraut im geschlossene Dibbe leesche un mit Gardoffelpüree (Gardoffelschdämmbes) serwiere.

En absoluude Genuss fäer die Geschmaggsknossbe!

7. Weggewerkk mit Bellgardoffele un saure Gorgge

Im Werraland habbe die Leut frihäer zum Schlachtfest Weggewäerkk gekocht, wo die ganzse Restde von de Woch middenannäer verworschtdeltd worre sin.
Heut mäscht mär däs e bissi annäerst. Mär dreht e paar Schweineschwardde dorsch de Wollf un vermenggt däs dann mit eigeweischtde Breedsche, Zwiwwele, Kimmel un Majorann un bruzzeltd däs in de Pann schee kross åa.

Zutaade:
1 Zwiwwel
1 Knobblauchzeh
250 Gramm Schwaaneflaasch (vom Kobb, Schuldäer, Kamm)
200 Gramm Schwardde
250 Gramm Saumaache (magäer)
2 Breedschäer (Weck)
Gewörzze: Salz, Peffäer, Nelke (gemaahle), Muskatt (gemaahle), Majorann (getroggent), eventduell Kümmel (gemaahle)

Zubbereiddung:
Ei bass uff.
Erstdemol en Dibbe mit Wassäer ufffülle un däs Schwaaneflaasch un die Schwardde zesamme mit deene ganzse Gewörzze gaar koche.
Dann dreht mär däs Ganzse mit de Zwiwwel, Knobblauchzeh' un deem rohe Saumaache dorsch de Flaaschwollf (4 Millimeetdäer Scheibsche).
Dann haustde den ganzse Bratdsch in en Grobbe oddäern Braaddibbe nei un bruzzelstd däs bei mittdlerer Hitz. Un immäer schee umrihre dodebei, gell.

Dann die Breedsche klåa schneide un e bissi von deem Kochsuud drübbäer kibbe un mit zum Flaasch dadezugebbe. Un wörzze net vergesse, gell!

Däs Weggewerkk weidäer umrüühre, knussbbrisch aabraade un ewwenduell aach noch e bissi Kochsuud dodebeigebbe.
Wemmäer will kammäer däs Weggewerkk aach in so e Kästdelsche nei klobbe un abkihle låsse. Dann schneid' mär's in Scheibe un bräätd's halt ebbe in de Pann.

Dodezu gibbt's Bellgardoffele (Gekwellde) un Gewärzzgörggsche (Gummern).

8. Beulches

Zutaade:
1 Killo gescheelde Gardoffele
150 Gramm gepööschelt Schwaaneschuldäer
120 Gramm Lauch
100 Gramm Dörrflaasch
100 Gramm Schwarddemaache
Salz, Peffäer, Muskatt un Knobblauch

Zubbereiddung:
Däs Gepööscheltde in leischt gewörrztdem Wassäer koche, abkühle låsse un dann in Wörffelsche schneide.
Dörrflaasch aach wörffeln un in de Pann bissi schwitdze låsse.
Däs Lauch in feine Streife schneide un finf Minuude, zesamme mit deem Dörrflaasch dünstde. Die roh Gardoffele fein reibe un däs Flaasch un de Lauch zu de Krumbeern dodebei gebbe.
Mit Salz, Peffäer, Muskatt un Knobblauch wörzze un schee middenannäer vermengge, gell.

Dann deen Brabbes in so Leinesäggelsche nei duun un in kochend Salzwassäer nei leesche. Die Beulches misse zäergga e Stündsche bei weenisch Hitz gaare.
Denach die Beulches unnäer'm kalde Wassäerhahn abschregge. Manschmå reischt's aach, wemmäer se nur aagugge duud.

Dodezu kammäer e schee Zwiwwelsößsche kredenzse un en Sallat, frisch aus'm Gemiesegardde.

9. Frankfodder Wärschtsche mit Linsesubb

Frankfodder Wärschtsche sin net nur bei de Hesse sehr beliebt, sonndäern iwwerall uff de ganzse Weltd bekannt. Un däs schonn seit mehr als hunnerdfuffzisch Jahr! Däs' de Hammä, du.
Die goldbraune Briehwärscht sin aus Schwaaneflaasch, ummandelt von Schaafsdarm.
In Kombinazjoon mit Gardoffelsallatt gibbt's die knaggisch' Frankfodder Wärschtsche oft am heilische Awend. (Viellaascht hot däs Christkindsche aach allsema gernn Frankfodder Knaggwörscht gefuddäert? Mär waaßes net.) Abbäer aach midde schee Linsesubb isst mär se gern. Un mit Senf un Brood schmegge se selbstverfreilisch noch bessäer.

Zutaade:
8 Frankfoddäer Wärschtsche
300 Gramm braune Telläerlinse
1 Liddäer Flaaschbrüh
100 Gramm Dörrflaasch
300 Gramm gescheelde Gardoffele
100 Gramm Lauch
100 Gramm Karodde
100 Gramm Sellerie
1 große Zwiwwel
Weinessisch oddäer Abbelessisch
Salz, Peffäer

Zubbereiddung:
Die Linse ein Daach lang in 500 Millilíddäer Wassäer eiweische.
Dörrflaasch un die Zwiwwel in feine Wärffel schneide un in em Grobbe ohne Fett aadünstde. Die eigeweischtde

Linse mim Eiweischwassäer un de Flaaschbrüh dodezugebbe.
Bissi uffkoche låsse, mit Salz, Peffäer un Essisch wörzze un bei niedrischer Dembraduär ziehe låsse. Gardoffele, Lauch, Karodde un Sellerie in Wörffel schneide un e halb Stündsche bevor die Linse ferddisch sin, dodezugebbe.

Die Gaarzeit liescht zwische 45 Minuude bis zwaa Stunne – je nach Beschaffeheit von de Linse. Dann schmeißt mär die Frankfodder nei un lässt se ungefär 8 Minuude im Dibbe drin, bevor mär se dann middem herzhaftde Bauäernbrood serwiere duud un mit Äbbelwoi oddäer Bier nunnäerschbühlt.

10. Schbundekääs mit Lauchegebägg

Urschbrünglisch schdammt de Schbundekääs aus Maanz, abbäer aach im Rheingau wärdd der wärzzische Kääs gern gegesse. Besonnäers schmagghaftd als Dipp zu Lauchegebägg.

Zutaade:
500 Gramm Frischkääs (Dobbelrahmschduufe)
250 Gramm Quarkk
50 Gramm Buddää
1 Esslöffel Babbrika (edelsieß)
1 Messäerschbitz Roosebabbrika (scharff)
1 Knobblauchzeh
Salz, Peffäer

Zubbereiddung:
De Kiehlschrangk uffmache, die Buddää rausduun un bei Zimmäerdemberaduur waasch werre låsse. Abbäer uffbasse! Die Buddää uff gar kaan Fall zum Schmelzse in die Sonn oddäer uff de Oofe druff schdelle, gell!
De Knobblauch net zesammepresse, sonnäern liewer in feine Scheibe schneide.
Alle Zutaade in e Schissel nei, alles guud middenannäer verriehre, wörzze un de ganzse Daach dorschziehe låsse, dademitd däer sei'n wörzzisch-pikande Geschmagg rischdisch entfalde kann.

Zum Schbundekääs isst mär Kwellmännäer (Bellgardoffele gell), klaa geschniddene Zwiwwelschäer, Kimmel, Radiessche, Brezzelsche oddäer e kräftdisch Bauäernbrood. Un dodezu e Bembel Äbbelwoi oddäer aach en scheene Riessling.

En kullinarrisches Gedischt sondäergleischen!

11. Dibbehaas

Zutaade:
2 Killo Wildhaas
250 Gramm Saumaache ohne Knoche un Schwardde
250 Gramm Zwibbele
1 Karodde
1 Lauch
1 Peddäersiljieworzzel
4 Scheibe Roggebroot
1 Lorbeerblättsche
5 Nelke
10 Wacholdäerbeere
En halbe Teelöffel schwarzze Peffäer
1 Flasch Rheingauer Schbätburgundäer (0,75 Liddäer)
Salz
Mehl un Wassäer

Zubbereiddung:
Deen erleeschtde Haas zerleesche. Häert sisch bruudaal åa, is abbäer halb so wild.
Zuerst die zwaa Keule un die Vorddäerläuf vom Häässche abtrenne. De Haasebauch is dorsch die Schussverletzung von de Schrootflint net genießbaar. Also fott demitd.

Dann deen Haaserügge in drei bis vier Teile zerstüggele. Deen Schwaanebauch (de Saumaache, gell) in dünne Scheibsche schneide. Däs Gemies in gleischmääßische Wörffel schneide.
Zeerst den Saumaache innem Grobbe ohne Fett aabraade. Dann däs Gemies dadezuzugebbe un aadünstde. Die Hälft aus'm Dibbe raus nehmme. De gesalzene Rammler in de Brätdäer eischischtde un dodedruff däs Broot oddäer de Leebkuche verdeile. Die Gewörzze in en Gewörzzbeudelsche nei duun un dodezuleesche, midde

restdlische Saumaache-Gemies-Mischung bedegge un mitdem schääne Schbätburgundäer übbäergieße.

Jetzz wäerdd de Rand von deem Bräätdäer noch middem Strang Brootteisch beleescht.
Deggel druff un däs Dibbe in de vorgeheiztde Oofe bei 180 Grad neischiebe. Nach zwaa Stunne misst der Dibbehaas dann aach ferddisch sei.
Un net vergesse – de Deggel erst am Disch uffmache, gell!

12. Rhöner Hirddepann

Zutaade:
600 Gramm Lammhackflaasch
2 middelgrooße Zwibbele
bissi Rapsöl zum Aabraade
600 Gramm Weißkraut
1 bis 2 Knobblauchzäeehe
30 Gramm Tomaademarkk
Majorann, getroggent
250 Milliliddäer Flaaschbrüh
2 Esslöffel Schmand
Salz, Peffäer, Muskatt, Babbrika edelsüß, Kümmel (gemaahle)

Zubbereiddung:
Die Zwiwwel in Wörffel schneide, Knobblauch fein hagge un middem Lammhackflaasch innem grooße Dibbe mit Rapsöl aabraade. Wenn däs Lammhackflaasch Farbb bekimmt, däs Tomaademarkk dodezugebbe un noch einische Minuude weidäer braade. Dodebei immäer kräftdisch rühre. Däs Weißkraut in korzze Streife schneide un zum Hackflaasch dadezugebbe. Weidäer kräftdisch rühre, rühre, rühre un dodebei mit Salz un Peffäer wörzze.

Dann de Majorann neistreue un midde Fleischbrieh ablösche. Korzz uffkoche låsse un die Gewörzze dodezugebbe. Dann de Deggel druff un 30 Minuude bei geringäer Hitz schmoore låsse, un zwischedrin aach immäer må wieddäer umrüühre, gell.
Am End deen Schmand unnäerziehe, nochemol uffkoche låsse un abschmegge. Die Flaaschbrieh kammäer aach zum Teil mit Äbbelwoi uffküll, gell!

Dodezu basse duud am Bestde Braatgardoffele, Nuddele oddäer Gardoffelbrei.

13. Schbitzzbuuwe mit Schbeggsooß

Zutaade:
3 Killo rohe Gardoffele
1,5 Killo gekochte Gardoffele
400 Gramm Dörrflaasch
2 middelgroße Zwibbele
2 Eier
1 Liddäer Milsch
Salz un Peffäer

Zubbereiddung:
Rohe Gardoffele wasche, schääle, reibe un in en Leinebeutdel gebbe un übbäer e Schduhlkant ausdrügge. (Klinggtd e bissi koomisch, is abbäer so.)
Die gekochte Gardoffele pelle, reibe un dann zur rohe Gardoffelmass dadezugebbe. Die Gardoffelmass kräftdisch dorschkneede un mit Salz un Peffäer abschmegge.
Jetzz midde nasse Flosse fingäerdigge, länglische Schbitzzbuuwe forme un im kochende Salzwassäer zärgga 15 Minuude gaare.

Fäer die Schbeggsooß däs Dörrflaasch in klaane Wörffel schneide un åabraade.
Die Zwibbelwörffel dadezugebbe un goldgelb braade. Eier un Milsch kräftdisch zerklebbäern, abschmegge un in de Pann säämisch rüühre.

14. Lumbe un Flöh

Der Name *Lumbe un Flöh* kimmt dadeher, weil die Bläddäer vom Weißkoohl die Landfraue dammols beim Koche an Lumbefetze erinnäert habbe. Un die Kümmelsaame sin im Dibbe rumgehibbt wie Flöh. Heut wäerdd däs Kraut als Beilaach zu Lammflaasch un geröstetdem Spegg serwiert.

Zutaade:
400 Gramm frischer Saumaache
2 grooße Zwibbele
50 Gramm Dörrflaasch
30 Gramm Buddäer oddäer Rapsöl
600 Gramm gebutzt` Weißkraut (»Lumbe«)
600 Gramm gescheelde Gardoffele
2 Esslöffel Kümmel (»Flöh«)
Salz, Peffäer
125 Gramm Schmand
1 Bund Peddäersiljie
Wassäer

Zubbereiddung:
Saumaache in mundgereschtde Wörffel schneide. Dörrflaasch un Zwibbel in feine Wörffel schneide. Beides in Buddäer oddäer Rapsöl aadünstde. Deen Saumaache dodezugebbe un weidäer aadünstde, bissäer e leischt Farbb bekimmt. Däs Weißkraut in mundgereschtde Stügge schneide, die Gardoffele wörffele, beides zum Flaasch gebbe un einische Minuude aadünstde. Dann mit Wassäer uffgieße, so däss alles knapp bedeggt is un mit Kümmel, Salz un Peffäer wörzze.

Uffkoche låsse un bei geringäer Hitz 30 bis 45 Minuude gaare. Die Flüssischkeit soll dadebei e bissi eikoche. Dadorsch wäerdd der Eindobb säämischer, waaßtde. Korzz vor'm Aarischde, die Peddäersillje fein hagge un dodezugebbe. Un dann nochemå abschmegge. Die Lumbe un Flöh pro Persoon uff'm Delläer aarischde un obbedruff fäer jeeden en Kleggs Schmand setdze. Wer die ganzse Kümmelkörnnäersche net maach, der kann aach gemaahlene Kümmel nach Geschmagg verwende.

15. Brootsubb

Zutaade:
1 Liddäer Flaaschbrüh
60 Gramm Buddäer
6 altbaggene Brötsche
Zuggäer un Zimt
Schnittlauch

Zubbereiddung:
Die Brötsche in dünne Scheibe schneide un inne grooß Subbedibbe neiduun. Die haaße Flaaschbrüh dribber kibbe. Die Buddäer bissi bräune un drübbergebbe – un aach e bissi fein geschniddene Schnittlauch. Wer will, kann aach noch Zimt un Zuggäer drübbäer streue.

16. Röhreklumbb

Zutaade:
1,5 Killo Gardoffele
2 Zwibbele
1 Knobblauchzäeeh
2 Eier
8 Esslöffel Haaferflogge
Salz
bissi Rüböl
Ribbschbegg
Baniermeehl
¼ Liddäer Milsch

Zubbereiddung:
Die rohe Gardoffele schääle, reibe un dorsch e Sieb abtrobbe låsse. Die Zwibbele un die Knobblauchzeeh reibe un unnäermische. Eier un Haaferflogge dodezugebbe, alles guud middennannäer vermengge un mit Salz abschmegge.

Deen Ribbeschbegg wörffele un in aaner runde Eiseformm in Fett aabraade. De Gardoffelbratdsch dodezugebbe, ¼ Liddäer Milsch neikibbe un solang rüühre, bis en Klummbe entsteeht. Dann uff den Klummbe noch Schbeggwörffel un Banniermeehl druff streue un däs Ganzse bei 200 Grad e Stund lang im Baggoofe gaare.

Dadezu schmegge Heidelbeerkommbott oddäer Abbelmuus.

17. Scheppäerlinge

Zutaade fäer sechs Persoone:
3 Killo Gardoffele
3/4 Wörffel Heefe
1/4 Liddäer Milsch
8 gehäuftde Esslöffel Meehl
2 bis 3 Eier
Salz, Zuggäer
Buddäer
Spegg

Zubbereiddung:
Heefe, Milsch, Zuggäer un Meehl zum Heefteisch zesammekneede un geehe låsse.
Gardoffele schääle un fein reibe un die Masse dorsch'n Haarsiebb abbtrobbe låsse.
Im Gardoffelwassäer setzt sisch Stärgge ab, die mär späädäer zum Teisch dodezugebbe duud.
Die geribbenne Grumbeere, Eier un e Prise Salz midde Stärgge zum Heefeteisch gebbe un kräftdisch middenannäer vermengge.

Dann nimmt mär e grooße Pann, die wo mär midde Speggschwartt oddäer mit Buddäerschmalz ausreibe duud.
Dann bäggt mär so klaane Flaade.
Jeweils zwaa Esslöffel von de Masse dünn ausstreische un uff beide Seide goldbraun bruzzele.
Die haaße Scheppäerlinge mit Buddäer beschdreische un serwiere.

18. Flurgöndäer mit Nuddele

Flurgöndäer is e Spezjalidääd von de Rhön. Im Prinzipp is däs nix annäerst, als en geräuschertde Schwarddemaache, deen mär *Göndäer* nennt. Frühäer habbe die deen drauße gegesse uff *Feld un Flur*, wesweesche mär de Flurgöndäer, *Flurgöndäer* genanntd hot.

Zutaade:
1 Schwardde-Göndäer
gewörffeltde Zwibbele
Wörffelspegg
fein gehaggtde Knobblauch
Breide Bandnuddele

Zubbereiddung:
Ganz eifach.
Als erstdesmå de gewörffeltde Spegg in de Pann ausgeehe låsse, Zwibbele dodezu, bissi Wassäer, gehaggtde Knobblauch un bissi Salz enei.
Däs alles dünstde un dann die Schwartt in de Suud neigebbe un ganz sachtde aan bis zwaa Stündsche vor sisch hieh köschelle låsse.
Nuddele koche, abschüdde un ins Wassäerbad neileesche.
De Spegg, die Zwiebbele un de Knobblauch aas'm Suud nehmme un midde bissi Salz unnäer die Nuddele unnedrunnäermische; un noch e bissi Kochbrüh dodezu.
Jetzz mäscht mär so en klåane Kradäer in de Mitt von de Nuddele un leescht den Göndäer do nei.
Däs lässt mär dann noch so e halb Stündsche übbäer'm Wassäerbaad ziehe gell, bevor mär de Göndäer wieddäer rausnimmt un die Schwartt in Zentdimeetdäer breide Scheibe schneide duud.
Ferddisch!

19. Süße Ploatz

Im Voochelsbersch war de Ploatz (oddäer *Bloatz*) ursprüngglisch en Esse von de arme Bauäersleut geweese. De Boode war aus Roggeteisch, wo vom Baggdaach iwwerisch geblibbe is. Do druff habbe die Weibsleut geribbene Gardoffele verdeilt (entweddäer gekocht, roh oddäer beides) un Schmand un Lauch. Es gibbt'n als Zwiewwelploatz un in de süße Warriande mit Schmand un Äbbel.

Zutaade:
700 Gramm gekochtde Gardoffel vom Vordaach
500 Gramm Mehl
1 Wörffel Heefe
1 Esslöffel Zuggäer
1 Ei
125 Milliliddäer Milsch
1 Prise Salz
1 Ei
100 Milliliddäer Sahne
150 Gramm Schmand
100 Gramm Semmelbrösel
200 g Zuggäer
1 Teelöffelsche Zimt

Zubbereiddung:
Die gekochtde Gardoffeln fein reibe. Däs Mehl inne grooße Schissel nei gebbe un in de Mitt so bissi aushöhle. De Zuggäer, die Heefe un die handwarmme Milsch enei gebbe un middenannäer ve'mische. Däs Ganzse mim Kischeduuch abdegge un 20 Minudde warm stelle.
Dann die Gardoffeln, Ei un Salz dodezugebbe un zu nem geschmeidische Teisch verkneede.

Deen Teisch wieddäer in die Schissel neigebbe un zugedeggde Weilsche geehe losse. Denach de Teisch uff'n eigefeddischt Baggblesch leesche un ausrolle. Die Sahne mim Schmand glatt rühre un uff de Teisch druff streische. Die Semmelbrösel drübbäer ve'streue un dodedruff en Mischmasch aus Zimt un Zuggäer streue. Den Ploatz bei zwoohunnert (200) Grad in de Baggoofe neischiebe un solang drin lasse, bissäer goldbraun geworre is.

Nach em guude esse un em kaue,
müsse mer aach noch guud verdaue.
Wie guud doch da e Schnäppsje duud,
bevor mär uff'm Soffa bissi ruuht.

IMPRESSUM

Frank Fodderwestje, 65931 Frankfurt am Main
E-Mail: Frank.Fodderwestje@gmx.net
facebook.com/FrankFodderwestje
twitter.com/fodderwestje

Printed in Poland
by Amazon Fulfillment
Poland Sp. z o.o., Wrocław

77719370R00087